National Portrait GALLERY
STRAND
TÁMESIS
BIG BEN
PALL MALL
BUCKINGHAM PALACE
GREEN PARK
THE MALL
10 DOWNING STREET
ST. JAMES PARK
Casas del Parlamento
VICTORIA ST.

Los peores años de mi vida 10

De héroe a cero

Primera edición: agosto de 2018

Título original en inglés: *From Hero to Zero*

Ilustraciones: Laura Park
Diseño de cubierta: Book and Look
Maquetación: Endoradisseny

Edición: Núria Albesa
Dirección editorial: Iolanda Batallé Prats

"novelagráfica" es un sello de la editorial La Galera

Casa Catedral®
Josep Pla, 95. 08019 Barcelona
www.lagaleraeditorial.com
lagalera@lagaleraeditorial.com

Impreso en EGEDSA

Depósito legal: B-9.998-2018
Impreso en la UE
ISBN: 978-84-246-6344-5

Los PEORES AÑOS de MI VIDA 10

DE HÉROE A CERO

JAMES PATTERSON

y Chris Tebbetts

Ilustrado por Laura Park

Traducción de Marcelo E. Mazzanti

novelagráfica

Este va por los Londonderry:
Barbara, Jan, Joe, Ruth y Vicki
—C. T.

CAPÍTULO 1

¡HAZ LAS MALETAS!

•REC
¡Hola! ¡Soy yo, Rafe! No tengo mucho tiempo porque dentro de cinco minutos tengo que coger el coche... ir al aeropuerto... subirme a un avión... y volar hasta Londres.
Sí, ese Londres, el grande que está en Inglaterra. Es un viaje del insti y vamos a ver un montón de cosas superinglesas: palacio de Buckingham, la Torre de Londres, el Museo de Arte Moderno y el London Eye, que es una noria más grande que una estación espacial. ¡Estoy muerto de la emoción!
•REC
Pero ¿quieres saber lo más alucinante?
•REC
¡NO HE HECHO EL EQUIPAJE! ¿Te he dicho ya que salgo en cinco minutos? Esto es lo que tengo hasta ahora.
•REC
Una maleta muy vacía...

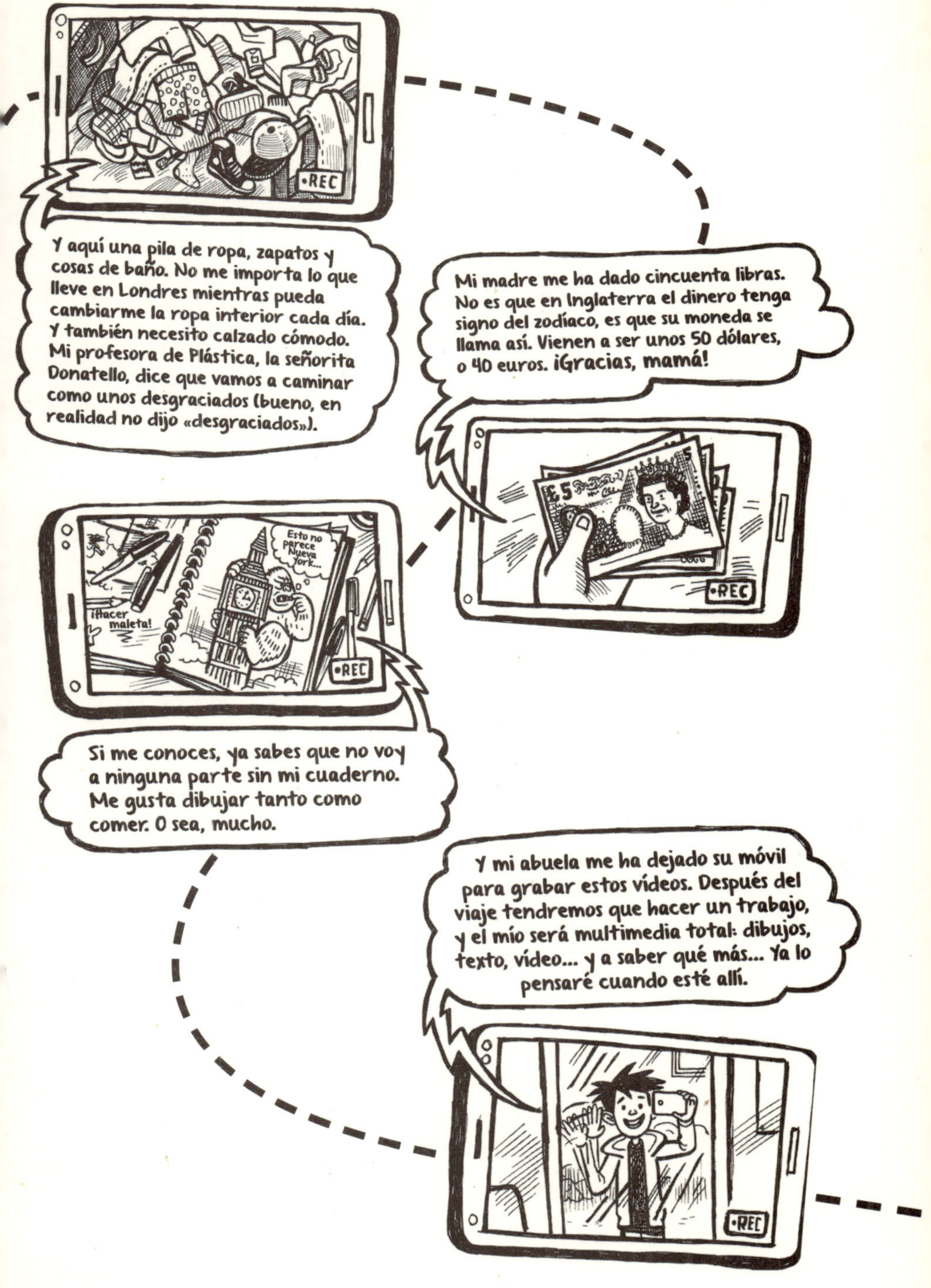
•REC
Y aquí una pila de ropa, zapatos y cosas de baño. No me importa lo que lleve en Londres mientras pueda cambiarme la ropa interior cada día. Y también necesito calzado cómodo. Mi profesora de Plástica, la señorita Donatello, dice que vamos a caminar como unos desgraciados (bueno, en realidad no dijo «desgraciados»).
Mi madre me ha dado cincuenta libras. No es que en Inglaterra el dinero tenga signo del zodíaco, es que su moneda se llama así. Vienen a ser unos 50 dólares, o 40 euros. ¡Gracias, mamá!
•REC
¡Hacer maleta!
Esto no parece Nueva York...
•REC
Si me conoces, ya sabes que no voy a ninguna parte sin mi cuaderno. Me gusta dibujar tanto como comer. O sea, mucho.
Y mi abuela me ha dejado su móvil para grabar estos vídeos. Después del viaje tendremos que hacer un trabajo, y el mío será multimedia total: dibujos, texto, vídeo... y a saber qué más... Ya lo pensaré cuando esté allí.
•REC

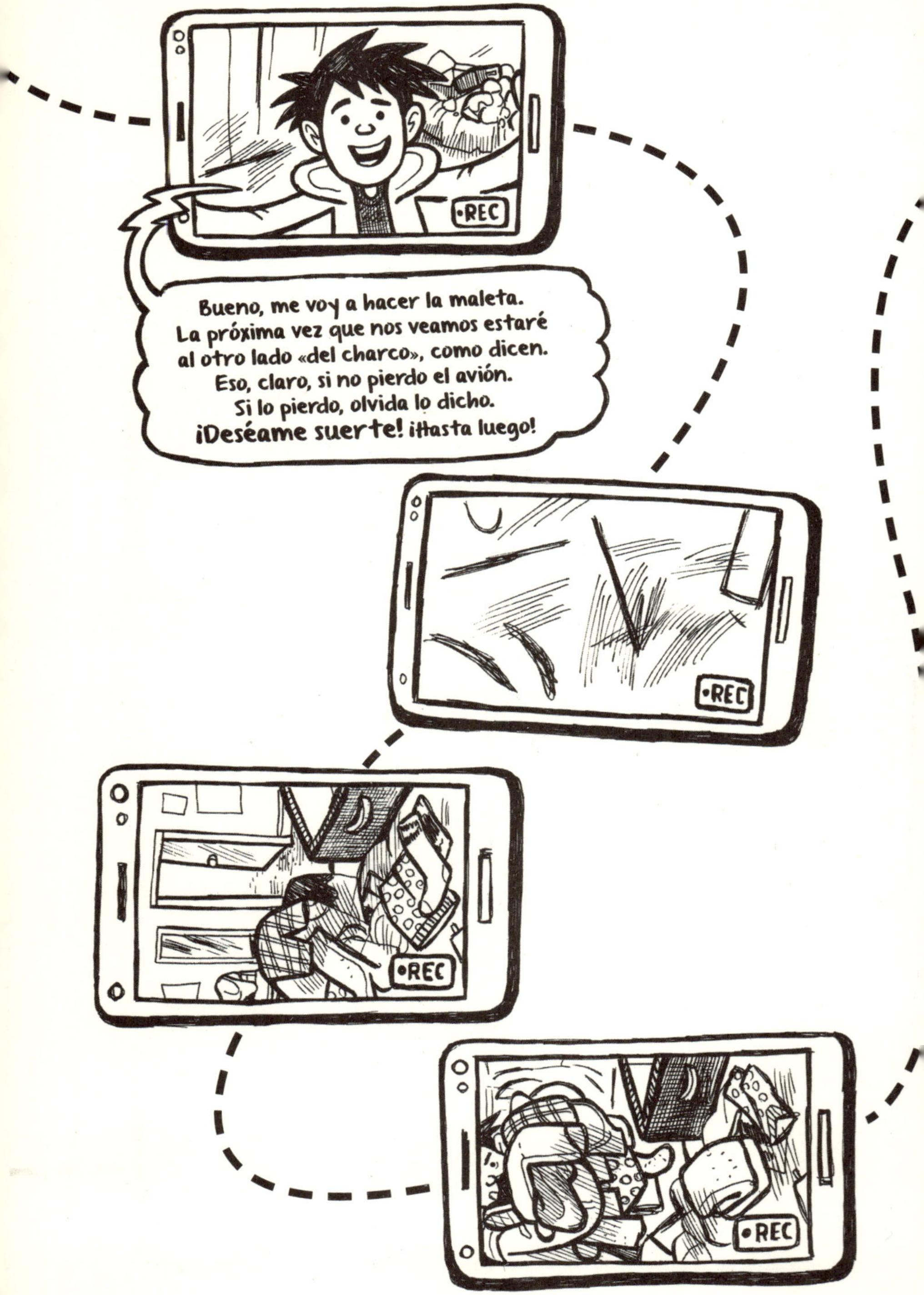
•REC
Bueno, me voy a hacer la maleta. La próxima vez que nos veamos estaré al otro lado «del charco», como dicen. Eso, claro, si no pierdo el avión. Si lo pierdo, olvida lo dicho. ¡Deséame suerte! ¡Hasta luego!
•REC
•REC
•REC

•REC
¡Rafe, mamá dice que tienes que irte ya!
•REC
¡Voy!
¿No te olvidas nada?
•REC
¡No! ¡Y tú no entres en mi habitación!
•REC

•REC
¡Vaya pringado!
•REC
REC
¡Rafe, ya vas perdiendo cosas por el camino! ¡Vaya desastre de viaje que va a ser! Igual me equivoco, pero ya sabes que tú eres el rey de los desastres. ¡Buena suerte, vas a necesitarla! ¡Y cuidado, Londres: allá va Rafe!
¡Clic!

CAPÍTULO 2

VOLANDO VOY

En el aeropuerto todo era una locura. Había un montón de niños, padres y cuidadores intentando encontrarse los unos a los otros, además de otro medio millón de personas que viajaban a medio millón de lugares diferentes.

También había una salita pequeña donde por fin pudimos parar un momento y dedicarnos a las despedidas y abrazos y besos, hasta que tuve que irme a buscar a mis compañeros de viaje. Todo era una locura, pero fue entonces cuando empecé a hacerme a la idea de que aquello era una aventura de verdad.

—¿No estás emocionado? —me preguntó la abuela.

—Síp —contesté, pero la verdad es que también estaba bastante nervioso.

—¿Seguro que llevas todo lo que necesitas? —preguntó mamá.

—Síp —contesté, aunque tenía la extraña sensación de que me olvidaba algo.

—¿Estás *muy* seguro de que llevas todo lo que necesitas? —preguntó Georgia, en ese tono tan irritante de cuando sabes que en realidad no es una pregunta. Entonces sonrió ampliamente y me dio el móvil que me había dejado la abuela.

—¿De dónde has sacado eso? —le pregunté.

—Te lo dejaste sobre la cama al salir, genio.

—Te dije que no entraras en mi habitación —le recriminé, cogiendo el aparato.

A la hora de meterse en lo que no le importa, es como si mi hermana tuviese superpoderes. Y yo estaba segurísimo de que, durante mi viaje, Georgia iba a curiosear cada rincón de mi habitación. Por eso me había pasado la última semana sonándome la nariz con clínex y repartiéndolos por el escritorio y los cajones. También dejé un zurullo de plástico megarrealista en el armario y una nota bajo el colchón que decía: «¡DEJA DE MIRAR O TE MATO!».

Pero ahora no tenía tiempo de preocuparme más por Georgia. Era hora de volar. La señora Stricker gritó a los padres que acabaran de despedirse para que los alumnos pudiéramos ir a la kilométrica cola del control de seguridad.

—Bueno, vete ya —dijo mamá, y me acompañó unos pasos hasta la puerta. A la hora de las despedidas, le gusta quedarse un momento a solas conmigo. A mí también me gusta, la verdad.

—¡Qué emocionante! ¡Tu primera vez fuera del país sin mí! —Se emocionó—. ¿Quién hubiera dicho que ibas a convertirte en todo un trotamundos? Australia ya fue de lo más intensa, entre el surf, los *dropbears*... y todo el asunto del *bunyip*... aunque esto último preferiría olvidarlo, la verdad. —Y cerró la boca, como avergonzada.

A su manera alucinatoria se refería a mi última aventura. Yo había ganado un concurso de arte escolar, y el premio era un viaje gratis a las antípodas. El asunto no acabó muy bien (en realidad fue un desastre), pero estaba contento de haber ido.

—Todo va a salir maravillosamente, cariño —dijo mamá.

—Sí... —contesté— supongo.

—¿Supones? —preguntó.

—Bueno...

—¿Qué pasa? —insistió.

Siempre se da cuenta cuando tengo un presentimiento raro. No era el tipo de rareza que estuviese dispuesto a inmortalizar en vídeo para que todo el mundo lo oyera, pero a mamá sí podía decírselo, aunque fuera un poco... eso... raro.

Y es que se suponía que todo esto era genial, ¿no? Tenía mucha suerte de ir a un lugar tan emocionante como Londres. La abuela me había ayudado haciendo que entre todas sus amigas compraran unos veinte mil rollos de papel de envolver para la campaña de recaudación de fondos de la escuela, y el insti me pagaba el viaje con una beca, gracias a la señorita Donatello.

El problema era que mis únicos amigos de verdad se quedaban en Hills Village, al otro lado de un océano de lo más enorme: eran Lo Flipas Savage, el tío más divertido que he conocido nunca, y Junior, mi perro y mejor compi categoría no humana.

En fin, que me iba sin amigos. Era un viaje *0 %, totalmente libre de amigos*. Y eso era un poco como volver a los tiempos chungos de la Escuela Secundaria de Hills Village, donde yo era tan popular como la Carne Misteriosa de los Lunes en el comedor.

—Es solo que… voy a estar solo, sin amigos —le dije a mamá.

—¿Y qué hay de Jeanne Salletta? —preguntó ella.

—Jeanne no cuenta. Es muy buena gente, pero no somos amigos de verdad.

Seguramente (no: seguro) Jeanne no debería gustarme tanto como me gustaba. Pero a ver quién era el guapo que le explicaba eso a mi cerebro.

En ese momento Jeanne se encontraba donde los demás, arrimada a Jared McCall, su novio perfecto (perfectamente estúpido). NO, yo no estaba celoso ni nada. Es solo que Jared es tan bueno en todo que a veces es como para meterle la cabeza en la taza del váter.

—Bueno, pues yo veo que hay al menos una chica mirándote, Rafe. A lo mejor eres más popular con las señoritas de lo que crees.

—No digas *señoritas* —repliqué—. Y, además, tú eres mi madre y dices esas cosas para animarme; es tu trabajo.

—¿Y Donatello? —insistió mamá—. Te cae bien, ¿no?

—Sí... para ser una profe. Pero eso tampoco cuenta.

—Vale, pues una idea: ¿por qué no intentas hacer amigos *nuevos*?

Eso último era más difícil de responder. A ver, toda la gente del insti me conocía, y no era que yo hubiera estado ocultando lo mejor de mi personalidad como para soltarlo ahora y empezar a ganar concursos de popularidad. A estas alturas ya sabía quiénes eran mis amigos y quiénes *antes muertos que dirigirme la palabra*.

No sabía si mamá iba a entender todo eso, pero tú sí, ¿verdad?

—Puedo probar —murmuré. Era más fácil que decirle todo lo que acabo de contarte a ti.

—Ser amable no te hará daño —dijo mamá—. No me gustaría que te pasaras todo el viaje solo con tu cuaderno.

No le faltaba razón. Desde luego, llevaba mi cuaderno. Me encanta dibujar; por ejemplo, mis cómics de Frank Asado, que ya conoces. Puedes estar seguro de que vas a ver alguno más.

—Bueno, ahora sal o la señora Stricker se va a ir sin ti.

Stricker es la directora de la Escuela Secundaria de Hills Village. Me odia a rabiar. En ese momento me miraba como si yo estuviera impidiendo el funcionamiento de todo el aeropuerto.

—¡Lo siento, Ida! —le dijo mamá desde la puerta—. ¡Ahora va!

—*Mmglrrr* —gruñó Stricker. Creo que significaba *por qué no me habré largado dejándolo aquí*, pero no estoy seguro.

—¡*Bon voyage*, cariño! —acabó mamá, y me dio un abrazo rápido de buena suerte—. Te quiero. Y recuerda lo que te he dicho.

—Lo recordaré.

Lo decía en serio.

Iba a recordar cada una de sus palabras… en cuanto empezase a dedicarme a ser el tío *menos* popular de todo el grupo.

No era un trabajo fácil, pero alguien tenía que hacerlo.

100%
ROCK STAR: ESPACIO RESERVADO PARA JEANNE SALLETTA
90%
Presidente y capitán de TODO.
80%
Se lo monta que no veas.
70%
El que siempre eligen delegado de clase.
60%
Nunca come solo.
50%
Tiene amigos casi siempre.
40%
Podría ser PEOR (Y TAMBIÉN MEJOR).
30%
Al menos tres amigos. Es un poco pelotilla.
20%
Uno o dos amigos... raritos.
10%
Como mucho un amigo.
0%
CERO PATATERO. Ese soy yo.
ESCALA DE
POPULARIDAD

CAPÍTULO 3

AQUÍ DRYDEN, AQUÍ UN AMIGO

Pues sí: yo ya iba mentalizado a que iba a estar solo y pasarlo mal... ¡pero esa ni siquiera fue la peor parte!

Una vez todos nos habíamos despedido de nuestras familias, Stricker y los otros monitores nos hicieron juntarnos y empezaron a contar las cabezas.

—Durante este viaje vamos a pasar lista cuatro veces al día —dijo Stricker—. Cuando diga vuestro nombre, responderéis con un breve y claro «PRESENTE». Ni «Sí», ni «¿Qué?», ni «Ese soy yo». La respuesta correcta es «PRESENTE». ¿Entendido?

Entonces empezó a pronunciar nuestros nombres por orden alfabético.

—Katrina Anderson.

—Presente.

—Colin Aziz.

—Presente.

—Andrea Chin.

—¡Sí! Quiero decir, ¡presente!

De pronto, oímos unos gritos.

—¡Perdón! ¡Lo siento! ¡Abran paso! ¡Perdone!

Miré y vi a una señora que corría hacia nosotros y levantaba el brazo para llamar la atención de Stricker. Tras ella iba un hombre con traje y corbata que llevaba un maletín. Los dos parecían un poco pijillos, como sacados de la portada de la revista *Por pasta que no quede*, pero no los había visto nunca.

—Siento mucho llegar tarde —dijo la señora cuando llegó—. Dryden ha tenido que ir a hacer un número dos al excusado, pero enseguida viene.

—¿Quién es Dryden? —dijo alguien detrás de mí.

Yo me estaba preguntando lo mismo. ¿Es que iba a acompañarnos alguien en el viaje? ¿Y qué es un «excusado»? ¿Y un «número dos»?

—Ya tenemos que ir a la puerta de embarque —contestó Stricker, con cara como de no haber ido al lavabo en una semana. Supongo que estaba intentando mostrarse amable.

—Sí, sí, sí —dijo la señora—. De nuevo, lo siento taaaanto. No sabe lo mucho que Dryden esperaba esto.

El verano pasado lo llevamos a Hong Kong y…

—¡Aquí está! —exclamó el hombre del traje—. ¡Venga, Dryden, date prisa!

—Ya voy, ya voy. Tranquilo, papá —dijo alguien.

Cuando me volví no pude creer lo que veían mis ojos. El que venía hacia nosotros era ni más ni menos que… *Miller*.

También conocido como Miller el Matador.

Y también conocido como la Muerte con Nikes de talla 40, y como la última persona sobre la Tierra que yo quería ver.

Desde que empecé en el instituto, Miller y yo hemos tenido nuestros más y nuestros menos: básicamente, él darme *más* tortas y yo perder *menos* dientes. Durante la temporada de fútbol americano nos tocó estar en el mismo equipo, y como yo le resultaba útil tuvimos un extraño período de tregua. Todo fue bien durante unos cinco minutos. Después del último partido, Miller volvió a dedicar la mayoría de su tiempo a asegurarse de que yo lo pasara lo peor posible. Supongo que todo el mundo tiene que tener algún *hobby*…

Así que además de tocanarices, mal bicho y lo bastante tonto como para resultar peligroso, resultaba que Miller también era rico. Y su verdadero nombre era… *Dryden*. En el insti todo el mundo lo trataba de

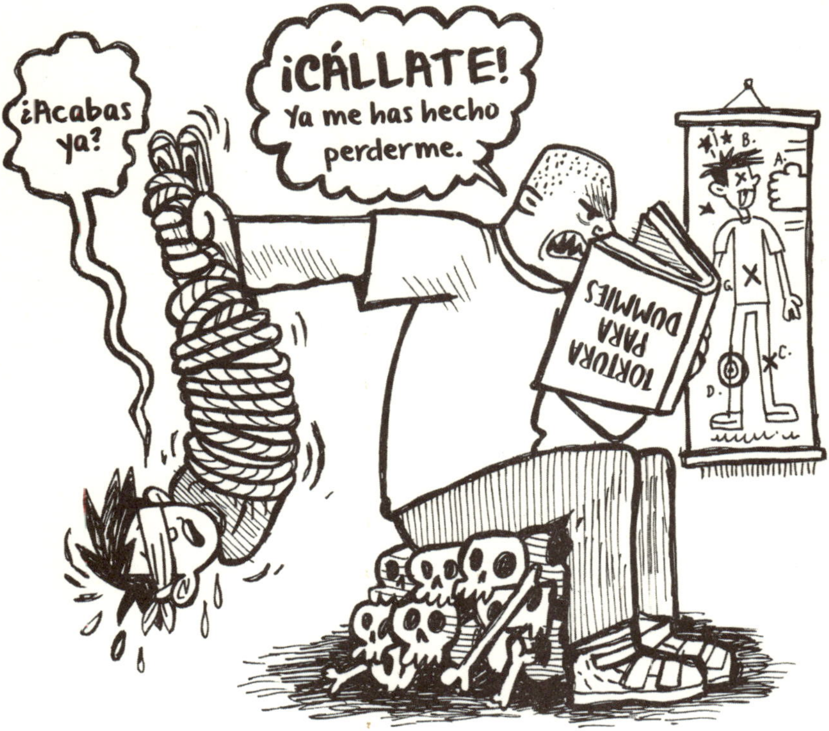

Miller. Hasta los profes. Llegué a creer que se llamaba Miller Miller.

Otra cosa era que «Dryden» no parecía tan emocionado por el viaje como decían sus padres. Ahora estaba ahí parado, con la ilusión de una vaca cabreada camino del matadero. Y eso era una muy mala noticia para todos los demás: lo único peor que Miller es Miller de mala leche.

Hasta el momento ni me había mirado. Debía estar muy ocupado lamentándose. Pero solo éramos treinta y seis chicos en el grupo; yo no iba a pasar desapercibido eternamente. Solo era cuestión de tiempo el entrar en su radar, y entonces la cosa sí que se iba a poner divertida.

Y con *divertida* quiero decir… bueno, todo lo contrario.

CAPÍTULO 4

AQUÍ

Muy bien —dijo Stricker, mientras los padres de Miller le daban un montón de abrazos y besos de despedida (eso también resultó de lo más extraño)—. ¿Por dónde iba?

—Por Andrea Chin —dijo Alison Prouty, haciendo la pelota como siempre.

—Presente —dijo Andrea—. Otra vez.

—Martin D'Angelo —siguió Stricker.

—¡Presente! —contestó él.

Y así siguió la cosa hasta la K, que soy yo. Estaba en la punta más alejada del grupo para no llamar la atención, pero entonces Stricker pronunció mi nombre.

—Rafe Khatchadorian —dijo.

—¡Presente! —contesté. Bueno, más o menos: se me quebró la voz a media palabra.

Últimamente mi voz lo hace mucho. Mamá me dijo que no me preocupara demasiado, pero es de lo más incómodo. No mola nada esto de sonar de repente como si me hubiera tragado una vieja bocina de bici. Sobre todo cuando había treinta y cinco chicos oyéndome.

Muchos se rieron, claro. Pero no tanto como cuando a Miller se le ocurrió hacer su aportación:

—¿Qué te pasa, te has tragado un acordeón? —gritó, añadiendo un par de graznidos para mayor efecto, y entonces se rio aún más gente. Vi que hasta Jeanne sonreía, aunque se tapó la boca con una mano; al menos ella *intentó* ser amable.

Las burradas de Miller y los estúpidos motes que me ponía ya no me importaban. Los había oído cien veces y eran tan viejos que ya cantaban. El problema era que parecía haber empezado a animarse. Cuando lo miré, sonreía como si pensara que igual el viaje no iba a estar tan mal.

Genial. Maravilloso. Aún no habíamos salido del país y yo ya deseaba no haber oído hablar nunca de Londres.

O, para el caso, de Miller.

CAPÍTULO 5

MIL DÓLARES DEL ALA

Después de aquello, los monitores empezaron a pasarnos unas carpetas azules. Stricker siguió:

—Lo que ahora estáis recibiendo es el material para el trabajo «Vivir y aprender» que crearéis en grupo en Londres —dijo.

Sabía que íbamos a hacer un trabajo, pero esto era nuevo. Las carpetas eran gruesas como una barrita de Snickers… pero, desgraciadamente, de gruesas, no de buenas.

—En la primera página veréis la lista de los temas que vais a tratar: arte, política, ciencia, historia y actualidad —dijo.

En otras palabras, Stricker se había asegurado de destacar el «instituto» en «viaje de instituto». Y no había acabado aún.

—Un alumno hará de coordinador para cada uno de estos cinco temas. Además, nombraré a otro como editor jefe de todo el proyecto. Esa persona trabajará conmigo, la señorita Donatello, el señor Rourke y los coordinadores temáticos para supervisar el contenido que crearéis en equipo.

Eso de «editor jefe» parecía a medida para Jeanne Salletta. Vi que estudiaba el contenido de la carpeta como si fuera un pavo de Navidad y no pudiese esperar a hincarle el diente.

—Cada día actualizaremos la web de la Escuela de Secundaria de Hills Village, por lo que en la práctica se convertirá en un blog del viaje —siguió Stricker—. Y también colgaremos el trabajo final en Concurso-Vivir-y-Aprender.com, así que espero que todos os toméis muy en serio este proyecto.

—¿«Concurso»? —preguntó Andrea Chin—. ¿Y eso?

—Pues que leen todos los trabajos y eligen el mejor —contestó Alison Prouty.

—Vale, Einstein. Lo que quería decir es…

—¡Silencio! —aulló Stricker, nada silenciosa—. Si me escucháis, os lo explico.

Nos dirigió su legendaria «mirada Stricker». Si nunca la has visto, créeme: mucho mejor. Puede hacer más con sus ojos que la mayoría de gente con un cañón láser.

¡OJO CON SU MAL DE OJO!

Y siguió:

—En este proyecto van a participar escuelas de todo el país. Una de ellas será elegida ganadora del gran premio, y se le concederán diez mil dólares en libros y material. Además, cada miembro del equipo del colegio ganador entrará en el sorteo de un premio en metálico de mil dólares.

No sé por qué Stricker esperó tanto para contarnos esa parte, pero esto es lo que yo oí cuando lo dijo:

De repente, el viaje se había vuelto mucho mejor que un minuto antes. Incluso si mis posibilidades de ganar el dinero eran de una contra un millón, mejor eso que ninguna posibilidad. Era lo más cerca que había estado nunca de mil pavos (al menos desde que mi gran negocio de paseo de perros se hundió).

Ahora, claro, *todo el mundo* prestaba atención. Y todos íbamos a tomarnos el trabajo mucho más en serio.

Al menos, por esa cantidad de pasta, yo sí.

CAPÍTULO 6

LO SIENTO, PERO NO PUEDES ELEGIR ASIENTO

El avión que tomamos para ir a Londres era ENORME. Había tantas filas de asientos que más parecía un estadio de fútbol. Cada fila tenía tres sillones en cada lado y *cinco* en el centro, las tres partes separadas por pasillos. Más que tripulación, parecía que fueran a salir árbitros por ellos.

Cada uno de nosotros ya teníamos asignado dónde sentarse, así que no pude elegir. Me tocó al lado de Bobby Flynn, que estaba al lado de Martin D'Angelo, que estaba al lado de Kadir Fletcher, que estaba al lado de... sí, lo has adivinado: Miller.

Era un caso clarísimo de «tengo buenas noticias y malas noticias». No tenía a Miller justo a mi lado, pero me recordaba a la primera parte de mi nueva peli favorita, *Criaturas 3*: los «nuevos vecinos» se mudan a la casa de al lado, y tú *sabes* que son caníbales porque… bueno, porque has visto las dos primeras pelis. Así que no puedes ni relajarte un minuto, aunque aún no haya pasado nada, porque sabes lo que va a suceder: a la primera oportunidad, esos vecinos tan «normales» van a empezar a arrancar caras a mordiscos.

Más o menos así era como me sentía con Miller ahí sentado. Íbamos a tardar siete horas en llegar a Londres: tiempo más que suficiente para que empezara la masacre.

Al menos había un escudo de tres personas entre Miller y yo. Bobby, Martin y Kadir eran muy amigos. Bobby iba a compartir habitación conmigo en el hotel de Londres, en parte porque yo no tenía con quién, pero sobre todo porque los tres se lo habían jugado a la pajita más larga y él había perdido, así que Martin y Kadir iban a estar juntos y Bobby tenía que pringar conmigo.

Y hablando de Bobby, él tampoco parecía muy emocionado de estar allí. La mayoría de los chicos que nos rodeaban gritaban y soltaban grandes risotadas, pero Bobby no. Parecía bastante nervioso, y se había ajustado muy fuerte el cinturón de seguridad.

Pensé que al menos debería dirigirle la palabra al chaval con el que iba a compartir habitación. Eso era lo que me había pedido mamá, que me comportara de forma amistosa, ¿no?

—¿Estás bien, Bobby? —le pregunté.

—A Bobby no le mola mucho volar —contestó Martin.

—Cállate —le dijo Bobby.

—Tío, que no te dé un ataque de pánico —aportó Kadir.

—¡Que no! —insistió.

Pero yo sabía cómo se sentía. A mí me dan miedo

las alturas, y la última vez que me quedé atrapado en un lugar alto de verdad debí poner la misma cara que Bobby ahora: como si deseara estar en *cualquier otro lugar del mundo* antes que allí.

—Todo va a ir bien —le dije. Sonó muy cutre, pero Bobby pareció apreciar el comentario.

—Gracias, Rafe —contestó.

Y ahí acabó nuestra tertulia. Los tres volvieron a su conversación sobre por qué ir al ComicCon de Fort Lauderdale en vacaciones sería la leche.

Empecé a preguntarme si mamá había tenido razón. Ser amable con la gente no iba a hacerme daño, ¿no? Quizás, si era capaz de hacerlo bien, podría engancharme a esos tres en Londres. Y *quizás* hasta podía acabar teniendo un nuevo amigo o dos, pensé.

Pero eso fue antes de que el avión despegase y todo empezara a ir fatal, fatal, fatal… y a 12.000 metros de altura por encima del océano Atlántico.

CAPÍTULO 7

EL. PEOR. VUELO. DE. LA. HISTORIA.

Al principio el vuelo fue bien. Dibujé en mi cuaderno un rato. Después nos dieron cacahuetes y nos pusieron la última peli de los Vengadores. Entonces fue la hora de comer. Me pedí algo parecido a pollo con arroz y puré porque la otra opción era pescado (¡puaj!).

Pero, en cuanto nos dieron la comida, el avión empezó a agitarse un poco. Y después mucho. Y al momento todo el aparato pegaba más saltos que un jeep en una carretera de tierra.

—¿Qué pasa? —preguntó Bobby, asustado.

¡DING!

Las luces de los cinturones de seguridad se encendieron, y alguien de la tripulación habló por los altavoces:

—Damas y caballeros, por favor asegúrense de permanecer en sus asientos con los cinturones ajustados mientras experimentamos esta pequeña turbulencia.

—¿Una *pequeña* turbulencia? ¿Y eso qué quiere decir? —preguntó Bobby. Tenía pinta de que alguien le hubiera dicho que le quedaba media hora de vida.

—No te preocupes —le dijo Martin—. Solo es que hay viento fuerte y...

Pero entonces el avión pegó un gran bote. *¡Babump!*

Seguido de uno *verdaderamente* grande. *¡BA-BUMP!*

Ese último fue como aquella vez que mamá chocó contra la barrera del aparcamiento del hipermercado. El *brownie* que venía con mi almuerzo salió disparado de la bandeja, y vi una lata de Coca-Cola rodando por el pasillo.

Para entonces Bobby se agarraba a los reposabrazos como si sus manos fueran de *superglue*. Tenía los ojos cerrados con fuerza y repetía: «Oh, no… oh… no… oh, no…».

Yo no podía hacer mucho, ya que me había ajustado el cinturón. Pero quería ayudar a Bobby si podía. Ya sabes, como hacen los amigos.

Entonces se me ocurrió una idea. Hay una cosa que a veces sí se me da bien: hacer reír a mis amigos. Y no tenía ni que levantarme de mi asiento.

Esto es lo que hice: saqué la bolsa de vomitar del pequeño bolsillo del asiento de delante de mí, la abrí y tiré en ella lo que quedaba de mi pollo, el arroz y el puré.

—Eh, Bobby —le dije—, mira esto.

Cuando lo hizo, cogí una gran cucharada de la bolsa y me la metí en la boca.

—¡Mmmm! —exclamé—. ¡La segunda vez sabe aún mejor!

Que quede claro: ahora sé perfectamente que, dadas

las circunstancias, no fue la mejor broma que podía haber elegido. Sí, *ahora* lo veo: no soy precisamente el campeón mundial en imaginarme las consecuencias de lo que voy a hacer.

Solo había querido ser divertido, dar a Bobby algo con lo que *se partiera* y le distrajese de las turbulencias.

Pero en vez de eso, Bobby se me quedó mirando mientras yo comía de la bolsa de trallar y se le pusieron los ojos como platos. Se le hincharon las mejillas y se tapó la boca con una mano. Para cuando me di cuenta de mi error ya era demasiado tarde: la vomitona de verdad ya había salido volando.

Bobby intentó ponerse en pie, pero seguía teniendo el cinturón ajustado. Tanto que le apretaba el estómago y eso hizo que todo volase aún un poco más lejos, tú ya me entiendes. Una parte fue a parar sobre Kadir. Y, peor, otra parte le cayó a Miller.

Se despertó un gran pánico. La gente, que ahora además también estaba asqueada, se echó a gritar. Stricker se acercaba por el pasillo y la azafata iba en dirección contraria a decirle que volviera a su asiento. Bobby tenía pinta de ir a echarse a llorar. Kadir parecía que iba a ser el siguiente en trallar (y lo fue).

Y Miller estaba ahí sentado con la mitad del desayuno de Bobby sobre su sudadera, dirigiéndome una mirada asesina.

Y cuando digo asesina quiero decir *asesina*.

CAPÍTULO 8

HAY QUE FASTIDIARSE

Una pregunta seria:

Si intentas hacer algo bueno, pero acaba siendo algo malo, ¿qué eres? ¿Buena persona o mala persona? Ni yo sabía qué pensar de mí mismo… aunque sí sabía lo que pensaban los demás.

Entre las miradas y los susurros, estaba bastante claro.

Enseguida empezó a circular lo que había pasado. Antes de aterrizar en Londres, yo ya era aún más impopular que cuando salimos de Estados Unidos, cosa que ni sabía que fuera posible.

Presidente
Se lo monta que no veas.
que siempre eligen
delegado
clase.
Nunca come
Tiene amigos
Podría
ser PEOR
(Y TAMBIÉN MEJOR).
Al menos
res amigos.
Es un poco
Uno o dos amigos... rari
Como mucho un amigo.
CERO PATATERO.
Ese soy yo.
ESCALA DE
POPULARIDAD

Para entonces, tres personas más habían participado ya en el torneo de lanzamiento bucal, y ya te imaginarás cómo olía todo el avión. No sé si alguna vez has estado dentro de un tubo de metal gigante sellado herméticamente con un montón de gente largando sus almuerzos de pollo-o-pescado, pero digamos que el aire que se respiraba no era muy fresco. Hasta los pasajeros que no me conocían me miraban como si mereciera ir a la cárcel.

Lo peor era que todos creían que lo había hecho a propósito. Oí a unos cuantos decir cosas como «Pobre Bobby» y «¡Pero si Bobby nunca le ha hecho nada a Rafe!». Como si *yo* fuera el matón de esta historia. *¡Yo!*

Míralo así: si estás en un grupo con Miller el Matador y todo el mundo cree que el problema eres *tú*, es que tienes un muy mal día.

Pedí perdón y volví a pedir perdón y pedí perdón de nuevo, pero no sirvió para nada. Bobby no me hablaba, y Stricker me hizo sentarme a su lado el resto del viaje.

Tampoco pareció interesada en escuchar mi versión de la historia. Lo único que quería era asegurarse de que me hubiera servido para aprender una lección. Y, créeme, Stricker tiene el récord mundial en conseguir que cualquier cosa se convierta en una lección.

Permíteme que te lo muestre. Si conoces mi historia, igual hasta recuerdas algunos de estos momentos.

PRUEBA 1

Y después esto:

PRUEBA 2

Y más tarde:

Ahora que Rafe ha vuelto, va a ir a clases especiales hasta nuevo aviso...
ESPECIAL
PRUEBA 3

Esta vez no sabía qué esperar de Stricker. Desde luego, no me hubiera imaginado ni en un millón de años lo que hizo.

—Rafe, contigo lo he intentado todo y no hay manera. Esta vez vamos a hacer las cosas de forma un poco diferente.

¿Diferente? Eso me sonó fatal.

—¿Qué quiere decir? —le pregunté.

—He tomado una decisión: voy a ponerte al mando. *Tú* vas a ser el editor jefe de nuestro trabajo «Vivir y aprender» en Londres —dijo, con el tono más normal del mundo.

—*¿Qué*? —exclamé—. ¿Está segura de que no me ha confundido con otro?

Ni siquiera sonrió. Solo movió un poco la cabeza.

—Está claro que yo no sé motivarte para que seas un mejor alumno de nuestro instituto, pero quizás tus compañeros sí puedan.

—¡Pero si ni siquiera le caigo bien a nadie! —solté. Me dio vergüenza, pero era la verdad—. ¿Cómo voy a poder ser jefe de *nada*?

—Los grandes líderes no dedican sus esfuerzos a ser apreciados —insistió Stricker—. Se concentran en dirigir. Tendrías que considerar esto como una oportunidad.

Sí, claro, pensé. Una oportunidad de estrellarme más rápido que un globo aerostático hecho de queso suizo con tres anclas colgadas de la cesta.

—¿Y qué pasa con el concurso? ¿Y los premios? —pregunté.

—Tú serás una pieza más del equipo, y yo seré la supervisora.

—Pero...

—Tu única alternativa es aceptar un suspenso automático —dijo—. Aunque entonces no te garantizo que vayas a poder acabar la secundaria este año. Tú decides.

—Vale, vale, lo haré —respondí, porque lo único que sonaba peor que hacer de editor jefe era tener que pasar otro año más en la ESHV.

Fue como el Apocalipsis, pero peor.

Stricker ya me había vuelto a fastidiar la vida.

CAPÍTULO 9

BIENVENIDO A LONDRES, PRINGADO

Para cuando aterrizamos en el aeropuerto de Heathrow de Londres, mi cerebro estaba a punto de explotar. Tenía demasiadas cosas en las que pensar, y ni habíamos empezado aún.

En primer lugar, necesitaba que *alguien* supiese que el festival de vomitonas en el avión no había sido a propósito. Intenté hablar con Donatello mientras esperábamos las maletas, pero ni siquiera con ella llegué muy lejos. Fue más o menos así:

—Señorita Donatello, ¿puedo hablar con usted un mom...?

—Ahora no, Rafe.

Y eso fue todo. Se fue a buscar a unos chicos que se habían apartado del grupo, pasar lista otra vez y hacer que todos fuésemos a los «asistentes motorizados» que nos esperaban fuera. Creí que la había oído mal, porque no tenía ni idea de a qué se refería.

Resultó que así era como llaman a esas furgos pequeñas que te llevan hasta el hotel: *asistentes motorizados*. Había dos, así que esperé mientras Miller, Bobby y otros se subían al primero. Hice lo propio, mantuve la cabeza baja, encontré asiento e intenté volverme invisible.

Ni me di cuenta de que estaba sentado detrás de Jeanne y Don Perfecto Jared hasta que la oí hablar a ella.

—Un viaje complicadillo, ¿eh? —dijo.

Levanté la cabeza y miré, pero solo veía a través del espacio entre los reposacabezas. También miré hacia atrás para asegurarme, pero estaba bastante convencido de que me lo había dicho a mí. Lo reconozco: casi me dieron ganas de echarme a llorar. Al menos *alguien* me hablaba. Y, por supuesto, se trataba de Jeanne, porque es maravillosa. Tiene más amigos que agua tiene el Atlántico y, aunque podría elegir si quisiera, es amable con todos… y de forma sincera.

—Sí, bastante durillo —contesté.

Jeanne no dijo nada más. Jared estaba a su lado, ocupado en hablar con otros chicos en los asientos al otro lado del pasillo. Así que, tras reunir un poco de valor, me incliné hacia delante y le hablé a través del pequeño resquicio.

—Eh, Jeanne, solo quiero que sepas una cosa. Lo que pasó en el avión no fue a propósito, te lo juro. Solo intentaba hacer reír a Bobby. Me imagino lo que estarás pensando: que aun así fue una estupidez de idea. Lo entiendo total. Sé que la gente está enfadada, y se lo voy a compensar. Es decir, a Bobby. Bueno, a todos. Aunque aún no sé cómo.

»También quería darte las gracias por hablarme. Suena cutre, ¿no crees? Pero de verdad que lo necesitaba. Así que, hum… gracias por escucharme.

Una vez empecé ya no quería parar. También quería contarle lo desastroso que me parecía el haber sido nombrado editor jefe, para que no creyera que le había robado el puesto. Pero entonces Jared volvió a sentarse recto, y yo me fui para atrás en mi asiento. Lo último que necesitaba yo era que él oyera todas mis intimidades de tío cutre.

—Eh, Jeanne —dijo Jared—. *¡Jeanne!*

—¿Eh? —balbució ella.

Entonces ella se irguió en su asiento, asomando parte de la cabeza por encima del respaldo. Se apartó el pelo y se quitó uno de sus auriculares.

—¿Qué pasa? —dijo.

—¡Mira! —dijo Jared mientras señalaba a la ventanilla: ahí estaba el Big Ben. También se veía el London Eye, todo iluminado de noche, y un autobús de dos pisos pasó por nuestro lado. Quedaba claro que estábamos en Londres de verdad.

Y yo acababa de hacerle uno de los mayores discursos de mi vida al respaldo de un asiento. Jeanne debía haberse puesto los auriculares mientras yo intentaba reunir valor como para hablarle.

Así, aunque yo estaba con un montón de otros chicos, en mitad de una ciudad gigante repleta de millones de personas de todas partes del mundo, me sentía… solo. Aunque suene ridículo.

Muy muy muy solo.

BIENVENIDOS ESHV

CAPÍTULO 10

EL TIMÓN ROMPEDOR

Eran las once menos cuarto de la noche (hora de Londres) cuando llegamos al hotel. Seis horas más tarde que en casa. O sea, que básicamente querían que nos fuésemos a dormir a las cinco menos cuarto de la tarde y no nos despertásemos hasta la mañana.

Por mí perfecto.

Nuestro hotel era muy grande y tenía uno de esos nombres tan ingleses: *El timón rompedor*. Me daba yuyu. Supongo que lo de «rompedor» era por romper las olas o porque en su momento era un timón innovador tecnológicamente, pero no pude evitar pensar en marineros mutilados.

Tampoco quería darme de codazos mientras hacía una cola interminable, así que esperé a que los demás recogieran su equipaje y les diesen las llaves de sus habitaciones y todo eso. Cuando por fin me dirigí a uno de los monitores, el señor Chin (padre de Andrea) se mostró de lo más amable. Parecía buen tío.

—Rafe, tu habitación es la 566 —dijo, y me dio una tarjeta de plástico en un pequeño sobre—. Puedes coger el ascensor con ese grupo de allí. Quinta planta. Recuérdalo.

—Lo recordaré —respondí.

Vi el grupo que me había dicho y empecé a caminar hacia ellos. Pero, en cuanto Chin dejó de mirar, doblé rápidamente y fui hacia las escaleras. No me gustaba la idea de apretujarme en un pequeño cubículo con otras doce personas que me odiaban.

Así que conté los tramos de escalera y subí cinco pisos. Solo quería llegar a la habitación, pedir perdón a Bobby por vez número ciento dieciséis y meterme en el sobre.

En cuanto salí al pasillo, Stricker esperaba con un portafolios de clip. No pareció especialmente contenta de verme.

—¿Qué haces aquí? Este es el piso de las chicas —dijo—. El de los chicos es el quinto.

—Creía que…

—Ya estás en la cuerda floja, Khatchadorian. ¿De verdad que quieres poner a prueba mi paciencia?

—No —dije—. Es solo que…

—¡Largo! —acabó.

Aún había unas cuantas chicas en el pasillo, y ahora todas me miraban como si fuera un niño pequeño que se había metido por error en el lavabo de mujeres. ¡Genial, otra cosa más de la que avergonzarme!

Me di la vuelta y fui de nuevo a las escaleras para bajar a preguntarle a Chin si se había equivocado.

—¿Has contado el segundo piso como primer piso o como segundo? —me preguntó él.

Pensé que debía estar muy cansado, porque eso no tenía ningún sentido, ¿verdad?

—¿Eh? —dije.

—Lo que en América es el primer piso aquí lo llaman planta baja. O sea, donde estamos ahora. El siguiente es el primer piso, y así. Seguro que en el ascensor está claramente marcado. —Me contestó como si fuera *yo* el alelado.

—Ejem… sí, sí que lo está. Lo siento. Ahora sí que lo he pillado.

Para cuando llegué al quinto piso (que para mí era el sexto), Rourke esperaba solo en el pasillo.

—¿Es que te has perdido? —me preguntó.

—Más o menos —dije.

—Pues ya tendrías que estar en tu habitación. —Y señaló más allá en el pasillo.

Cuando llegué por fin ante la habitación 566 metí la tarjeta en la pequeña ranura, esperé a que se encendiese la luz verde y abrí la puerta.

—¿Qué tal? —dijo Tyler Fleischman cuando entré. Estaba sentado en una de las camas, pasando canales de la tele con el mando. En la otra cama estaba Bobby, jugando a algo en el móvil.

—Hum...

—Estás en la habitación de al lado —dijo Bobby—. Nos hemos cambiado.

—¿Qué quieres decir?

—Ya se lo hemos dicho a Stricker y le ha parecido bien. Ahora voy a compartir habitación con Tyler.

Este me pasó otra tarjeta.

—Ahora es la tuya. Y tú tienes que darme esa que llevas.

¿Qué podía decir yo? Sé reconocer cuando no me aprecian. ¡Créeme que lo sé, tengo un montón de experiencia en eso! Además, si a alguien le debía un favor era a Bobby Flynn.

—Bueno, vale —dije—. En fin, ya nos veremos.

—Adiós —me interrumpió Bobby. Ni siquiera me miró.

Así que ahora iba a dormir en la habitación 568, la de al lado. Fui hasta esta, metí la tarjeta en la ranura y…

¿Ya te has imaginado lo que sucedió entonces? Porque yo no tenía ni idea. Estaba muy ocupado pensando en lo mucho que Bobby me odiaba y en cómo intentar arreglarlo.

Lo que viene ahora es como una de esas escenas de una peli de terror, en las que quieres soltarle un grito al burro de la pantalla.

Pero siempre es demasiado tarde. Y esta vez, el burro de la pantalla era *yo*.

Empieza a sonar música de tensión. Meto la tarjeta en la ranura. Abro la puerta de la habitación en este hotel oscuro y tenebroso… *CREEEEEEEECCCC*… y entro directo en las sombras para enfrentarme con mi destino.

568
¡No entres ahí!
¡NOO!
¡No abras la puerta!
¡Date la vuelta, BOBO!

CAPÍTULO 11

TERROR EN LA HABITACIÓN 568

¿Hola? —digo.

Está oscuro. Muy oscuro. Le doy al botón de la luz, pero no pasa nada. Lo lógico sería volver a salir y pedir ayuda. Pero esto es una peli de terror, ¿recuerdas? Así que hago lo contrario: entro del todo.

Imagino que habrá una lámpara aquí dentro. Gracias a la luz que llega desde el pasillo puedo ver mínimamente el interior. Doy un paso adelante y piso algo gelatinoso en la alfombra. Miro abajo. Al levantar el pie noto que la misteriosa sustancia se me ha pegado a la suela.

—¿Qué diablos...? —digo, justo antes de que...

¡BAM!

La puerta se cierra de golpe detrás de mí. Me quedo totalmente a oscuras. Se me está acelerando el corazón. Sigo avanzando con cuidado e intentando no dejarme llevar por el pánico.

Entonces recuerdo el móvil. ¡Buena idea! Lo saco del bolsillo y enciendo la pantalla. No es mucho, pero menos da una piedra. Lo muevo en todas direcciones, intentando ver adónde voy.

El ruido me hace pegar un salto de dos metros… hasta que me doy cuenta de que solo era un gato en el callejón.

«¡Buf!», resoplo. Hasta me da un poco de risa. Por un momento me he puesto muy neura.

Pero no hay nada que dé miedo. Esta es una habitación normal de hotel, y solo estamos yo y algunos muebles que huelen raro. Porque ese olor viene de los muebles, ¿no?

Por fin encuentro una lamparilla de noche, al lado de la cama. Justo lo que estaba buscando. Suspiro aliviado, extiendo el brazo para encender el interruptor, y…

¡SIENTO QUE ALGO ME TOCA!

Una mano sale disparada de la cama. Unos dedos fríos y pegajosos me agarran de la muñeca. Intento gritar, pero no me sale ningún sonido.

Entonces veo al zombi caníbal tumbado en la cama, un pellejo de huesos invisibles que espera su próximo manjar.

—Toca el interruptor de la luz y muere —gruñe.

En los pocos segundos que me quedan antes de que me convierta en su menú del día recuerdo algo:

En las películas de terror hay dos clases de personas. Los que entran en habitaciones misteriosas y oscuras de hotel por la noche. Y los que puede que sobrevivan hasta el final de la peli.

Adivina a cuál de los dos grupos pertenezco yo.

CAPÍTULO 12

TERROR EN LA HABITACIÓN 568 2.A PARTE: LA VENGANZA

¿Q-q-qué has dicho? —pregunté.

—He dicho que como enciendas la luz te mato —contestó Miller.

Ya estaba en la cama, bajo las sábanas y todo. Qué raro, pensé. Pero lo peor fue lo que se me ocurrió entonces:

Aparté la mano y di un paso atrás, fuera del alcance de Miller.

—Tú duermes ahí —dijo, y señaló la puerta del lavabo.

—¿Que qué?

—Ya me has oído.

Mis ojos empezaban a adaptarse a la oscuridad. Vi que Miller tenía todas sus cosas sobre la otra cama. También me di cuenta de que en esa no había sábanas ni almohada.

Estaba confuso total. Primero, había acabado con Miller el Matador de compañero de habitación, que era una locura. Segundo, ya llevaba al menos cuarenta y cinco segundos a solas con él y aún no me había tumbado de una torta. Y tercero…

—¿De verdad esperas que duerma en el lavabo? —le dije.

—¿De verdad quieres vivir?

—Oye, Miller, siento lo que pasó en el avión. De verdad. En serio…

—Una palabra más y me levanto y te saco los intestinos —dijo.

Le creí, y no solo porque Miller es el doble de alto que yo.

Así que no tenía alternativa.

Fui al lavabo, cerré la puerta, encendí la luz y me senté a pensar en qué hacer.

Entonces me levanté, *eché el pestillo de la puerta* y volví a sentarme.

Intuía que no iba a salir de allí en un buen rato.

CAPÍTULO 13

CRISIS DE COLEGAS

Algunas de mis mejores ideas se me ocurren en el lavabo. La verdad es que no se estaba tan mal encerrado allí. La bañera era bastante grande, y mejor eso que intentar dormir a un metro de Miller. Hasta me dio dos almohadas, todo un lujo.

Pero eso solo me servía para las siguientes ocho horas. Todavía me quedaba todo el resto del viaje para preocuparme. Miller sería mi último problema, pero no el *único*. Tenía treinta y cuatro más de los que encargarme, uno por cada uno de mis otros compañeros de viaje. ¿Cómo iba a hacer de editor jefe si los treinta y cinco me odiaban? (Bueno, excepto Jeanne… pero si añadimos a Stricker, ya estamos de nuevo en treinta y cinco *haters*).

Era como una emergencia de amistad. O, como yo lo

llamo, una CC (Crisis de Colegas). Ya había pasado por unas cuantas, pero nunca tantas juntas.

Tenía que pedir refuerzos.

Seguramente ya conoces la historia de Leo. Era mi hermano gemelo, pero murió hace mucho, cuando los dos aún éramos pequeños. Después se convirtió en una especie de amigo imaginario. Sí, ya sé que eso es raro. ¡Pero también lo es el ir a Londres a dormir en una bañera!

Ahora ya no hablo tanto con Leo. Me ayudó a superar un montón de situaciones difíciles en sus tiempos (vale: hace un año). Últimamente solo lo uso como personaje en mis cómics. Pero, si necesito algo, sigue estando disponible.

—*Hello, hello, hello!* —dijo en cuanto pensé en él.

—Oye, ahora no irás a hablar siempre con acento inglés, ¿eh? —le avisé.

—¿Y por qué no, *my friend*? —contestó—. Estamos en la *beautiful England, yes?*

—A ver: para empezar, no todo el mundo habla así

por aquí —repliqué—. Y después, ¡venga ya! Necesito ayuda, no un cursillo de inglés. Estoy a casi cinco mil kilómetros de casa, tengo que hacer el trabajo escolar más difícil del mundo, toda la peña está cabreada conmigo y tengo a un psicópata de compañero de habitación.

—¿Algo más? —preguntó Leo.

—Muy gracioso —respondí—. Estoy intentando pensar un plan.

—¿Qué se te ha ocurrido hasta ahora?

—No mucho. Pero estaba pensando en lo que me dijo mamá, eso de que tengo que ser más amistoso con la gente.

—Buf, vaya palo —replicó Leo—. Ya me estoy aburriendo.

—No intento entretenerte —le dije—. Intento caerle bien a la gente.

—¿Quieres caerle bien a la gente? Pues empieza por Jeanne Salletta.

Casi me da la risa. A veces es como si Leo tuviera mente propia y estuviera aún más sonado que yo.

—¿Quién ha dicho nada de Jeanne? Es la única que *no* forma parte de mi problema.

—Exactamente —dijo Leo.

—¿Eh?

—Cuéntale a Jeanne lo que sientes por ella. Hazlo ya. Y esta vez en serio. Tú y yo nos conocemos desde hace mucho. Los dos sabemos que te enamoraste de ella ya en el primer día del insti.

—No quiero hablar de Jeanne, ¿vale? Quiero hablar de elaborar un plan.

—¡Tío, ese es el plan! —exclamó Leo—. Créeme, si consigues gustarle a Jeanne no te importará lo que piensen los demás. Será como solucionar treinta y cinco problemas de una tacada. Por eso no es solo un plan: es toda una *estrategia*.

—Sí, vale. Eso sería si tuviese posibilidades de salir bien. Pero no las tiene.

Por no decir que confesarle a la novia del perfecto Jared McCall que estaba enamorado de ella era tan inteligente como… bueno, como entrar en la madriguera de un lobo disfrazado de cordero.

—Además —añadí—, si hubiera posibilidades de que pasara algo con Jeanne, ya habría pasado.

—O a lo mejor es que nunca has ido a por todas. Nunca lo has intentado *de verdad*.

—Lo que sea, pero no voy a hacerlo. —A fin de cuentas, era a mí a quien le tocaba vivir en el mundo real, así que yo decidía. Cogí el cuaderno y me puse a dibujar.

—Pues muy bien —dijo Leo—. Ya me avisarás cuando estés dispuesto a hacer algo más valiente que dibujar cómics y ser amable con todo el mundo.

Y entonces desapareció. ¡Puf!

Ya ves: a Leo le molan el peligro, el riesgo y la emoción. Si no se trata de algo espectacular o una locura, no le interesa. Y decirle a Jeanne lo que sentía de verdad por ella era como la definición de *locura* del diccionario.

Pero eso no quería decir que Leo estuviera equivocado. Si hubiese conseguido gustarle a Jeanne (¡así de fácil!), todo el resto seguramente me importaría un pimiento. Lástima que la «estrategia» de Leo fuese totalmente irreal, ciento por ciento imposible y completamente ni-en-sueños.

Peor aún: ahora que Leo lo había mencionado, no pude dejar de pensar en ello.

Muchas gracias, Leo.

Capítulo 14:
F. ASADO
Y LEO en:
LOVE STORY
¡Me encanta Inglaterra!
¡Mira, el Big Ben!
Todo es tan... inglés.
¡Una sonrisa!
¡CLIC!

¿Y ahora qué?
¡Mira! ¡Es la reina!
¡Saludos, lacayos!
¡Hola, majestad!
¡CLIC!

¡No hay nada mejor!
Ahora que lo dices...
Ahí viene Jeanne.
¡Es la ocasión de decirle lo que sientes!
¡No puedo hablar con Jeanne!

¿Por qué no?
No sé qué decirle. Y ni siquiera sabe que existo.
¡Hazlo!
Hooooola...
PFFRT
?!

Hum...
Odio Inglaterra.
Bueno, ahora seguro que sabe que existes.

CAPÍTULO 15

LO MÁS RARO DEL MUNDO

Aquella bañera era más cómoda de lo que parecía. No sé cuándo me quedé roque, pero el caso es que dormí... hasta que algo me despertó en mitad de la noche.

Me costó un segundo recordar dónde estaba y por qué mi cama parecía una bañera. Y entonces volví a oír el ruido.

Alguien lloraba.

Y debía ser un llanto bien fuerte para que yo lo oyese desde el lavabo. ¿Sería Bobby? ¿O Tyler? ¿O quizás alguien en la habitación al otro lado?

Me incorporé y escuché con atención. Oí esos sonidos de tragar saliva y los respiros entrecortados que solo te dan cuando lloras.

Entonces me di cuenta de que en realidad no

sonaba tan alto. Era solo que venía de más cerca de lo que creía. En realidad, llegaba desde detrás de la puerta del lavabo.

Pues sí: era Miller.

Llorando.

Miller estaba llorando.

En serio.

¿QUÉ DIABLOS ESTABA PASANDO?

¡Era como si me atacase un enjambre de preguntas!

Una vez repuesto del *shock*, vi que tenía dos opciones: podía intentar volver a dormirme o podía investigar un poco más.

¡Vaya duda! Era *demasiado* intrigante como para dejarlo pasar.

Salí de la bañera y fui de puntillas hasta la puerta. Entonces oí que Miller hablaba, apenas en susurros. Parecía estar al teléfono con alguien, pero no pude distinguir qué decía.

Puse la mano en el pomo y lo moví una centésima de milímetro, solo para ver si hacía ruido.

No lo hacía. Entonces lo moví un poco más. Y otro poco. Se me hizo eterno, pero al final conseguí abrir la puerta lo suficiente como para sacar una oreja.

—Pero si ya te he dicho… —oí a Miller.

Después un largo silencio, excepto por un par de húmedas sorbidas de mocos.

—Ya lo sé —dijo—. Pero yo…

Alguien no paraba de interrumpirlo. ¿Sería alguna chica que cortaba con él por teléfono? ¿Echaba de menos su casa? ¿Le habría llamado el agente de la libertad condicional con malas noticias? A fin de cuentas, se trataba de Miller. Podía esperarme cualquier cosa.

Malas noticias, Sr. Miller. Se trata de sus nudillos. Habrá que extirpárselos.
Corto contigo. No eres lo bastante borde.
Lo sentimos, hijo. Vamos a reducirte la paga a 500 dólares por semana.

Pero la verdadera pregunta era: ¿y yo qué hacía ahora? ¿Debería sentir lástima por Miller? Lo más raro es que a una parte de mí sí que le sabía mal.

¿O quizás podría usarlo contra él de alguna manera? Normalmente no soy así, pero tampoco iba a ignorar el asunto. Llegué a unas cuantas conclusiones.

1. De una forma u otra, iba a averiguar qué le pasaba a Miller.

2. No podía decirle que lo había oído llorar. Si lo supiera, me borraría de la faz de la Tierra solo para ocultar la información.

3. Mi viaje a Londres acababa de volverse mucho más complicado.

4. Y también mucho más peligroso.

5. En algún lugar de mi loca imaginación Leo el Callado sonreía.

CAPÍTULO 16

¡BUENOS DÍAAAAAAAS!

Por la mañana, Miller volvía a ser el de siempre. En cuanto me desperté se me plantó delante, gruñendo como un gorila intentando contener la risa.

—¿Qué haces? —le pregunté, incorporándome enseguida. Me habría olvidado de volver a echar el pestillo a la puerta del lavabo.

—Sal —rugió.

—Vale, vale —dije, y salí de la bañera—. Pero, ahora que me he pasado toda la noche aquí dentro, estamos en paz por lo del avión, ¿vale?

—Ya veremos —contestó, y después de hacerme salir del lavabo cerró de un portazo.

En otras palabras: aún no estábamos en paz.

Cuando volvió a salir sonreía como nunca. Al entrar yo a lavarme los dientes vi por qué.

—¿¡Qué has hecho con mi cepillo de dientes!? —grité. Oí más sonrisitas de gorila.

—Nada —contestó Miller—. Bueno, a lo mejor me he limpiado un poco las uñas de los pies.

—¿QUÉ?

—No seas tan delicado.

La leche. Eso era EXACTAMENTE lo que me había temido que sería compartir habitación con Miller. Mis peores temores.

—AHORA sí que estamos en paz, ¿vale? —insistí.

—Claro, claro. Como quieras.

Entonces vi que mi mejor rotulador estaba en el suelo del lavabo, sin el capuchón. Y en cuanto miré en el espejo vi a qué venía *de verdad* tanta risita de gorila cuando me desperté.

Estaba claro: fuese lo que fuese lo que le había pasado a Miller por la noche, ahora estaba de mucho mejor humor. Seguramente porque, ahora que ya era de día, podía volver a jugar a apretar su muñeco de goma para aliviar el estrés.

Por si no lo has adivinado, su muñeco de goma era *yo*.

CAPÍTULO 17

AQUÍ MANDO YO (MÁS O MENOS)

Hablando de estrés, a la hora del desayuno todo se volvió aún más friki. Fue cuando Stricker apareció para dirigirnos los anuncios de la mañana.

Bueno, *el anuncio*. En singular. Uno solo, pero de cuidado.

—Espero que todos llevéis vuestras cámaras y cuadernos de viaje encima —dijo—. Espero que toméis un montón de notas. Al respecto, os anuncio que el editor jefe para nuestro trabajo «Vivir y aprender» será...

Solo hizo una pausa de un nanosegundo entre esa primera mitad de la frase y la siguiente, pero, lo juro, fue tiempo suficiente como para que todos los ojos en la sala se volviesen hacia Jeanne.

Justo antes de que Stricker dijese...

—... Rafe Khatchadorian.

Y... ¡¡¡¡PINNNGGGG!!!!

Ese fue el estruendo que hizo el alfiler que cayó al suelo después de que Stricker nos informase de que yo iba a estar a cargo del trabajo. Así de silenciosa se había quedado la sala. Supongo que todos debían creer que lo habían oído mal, que igual Stricker se refería a algún chico nuevo llamado *Gafe Gaftadorian*.

Lógico, porque la realidad no podía ser más increíble.

El primero en hablar fue Simon.

—*¿En serio?* —preguntó.

La segunda, la tercera y la cuarta fueron Katrina, Maya P. y Lily. Bueno, si las carcajadas cuentan.

—Sí, en serio —respondió Stricker.

Después la profesora nombró a los líderes temáticos: Isaiah en arte, Alison en política, Mackenzie en historia, Simon en ciencia y, claro, Jeanne en actualidad.

Por si la situación no fuese lo bastante incómoda ya.

Miré a Jeanne. Parecía a punto de echarse a llorar. Seguro que ya había estado pensando en cómo iba a quedar el título de editora jefe en su currículum pre-pre-universitario.

¿Eso existe de verdad? Ni idea. Solo sé que ver a Jeanne conteniendo las lágrimas me hizo sentir como la peor mota de polvo en la suela del zapato más cutre del tío más repugnante del mundo.

Lo juro.

Tampoco me ayudó el ver a Jared mirándome como si yo acabase de robarle algo a su novia. Bueno, más o menos ese era el caso. Aunque no había sido intencionado. (¿Te suena eso? No era la primera vez que me pasaba).

En otras palabras, el Día Dos empezaba tan genial como el Día Uno.

CAPÍTULO 18

EL BLUES DEL AUTOBÚS

Cuando salimos del hotel a fuera nos esperaba un autobús turístico de esos de dos pisos. El piso de arriba estaba al descubierto, como si fuese un gigantesco coche descapotable. Por supuesto, todo el mundo salió disparado a ocupar esos asientos.

Eso me dejó dos opciones. Una: podía meterme abajo con Stricker y el conductor, como un superpringado. O dos: podía ir arriba con los demás, donde todos me verían sentado solo sin nadie con quien hablar... de nuevo como un superpringado.

Pensé que, para el caso, mejor al sol. Al menos así el paisaje sería más guapo, el aire más fresco y con menos Stricker. Hasta conseguí uno de los mejores asientos, delante de todo... hasta que se lo cedí a

Cedric y Olivia. Seguía intentando eso de ser amable, aunque ni me dieron las gracias.

Después, cuando Stricker pasó lista y llegó a mi nombre, Miller volvió a hacerse el gracioso y contestó por mí. Reconozco que fue una imitación bastante decente de mi estúpida voz, con gallo incluido, mitad «¡Presente!» y mitad «¡MOOOC!».

Pero no me hizo ninguna gracia. Al contrario que a todos los demás.

Lo bueno fue que a partir de ahí las cosas mejoraron un poco. Resultó que Londres es una ciudad que mola un montón. Cuando por fin nos pusimos en marcha, vimos unos dieciocho diferentes parques y todas las cosas guapas que había a orillas del río Támesis. Daba la impresión de que, cada vez que me fijaba, me encontraba ante uno de los edificios más viejos del mundo o uno de los rascacielos más nuevos del planeta. Hay uno llamado el Gherkin que parece un cohete a punto de despegar.

Al principio intenté tomar notas para mi trabajo, pero eso no era nada fácil en un autobús en marcha. También intenté dibujar, pero todo me quedaba más o menos así:

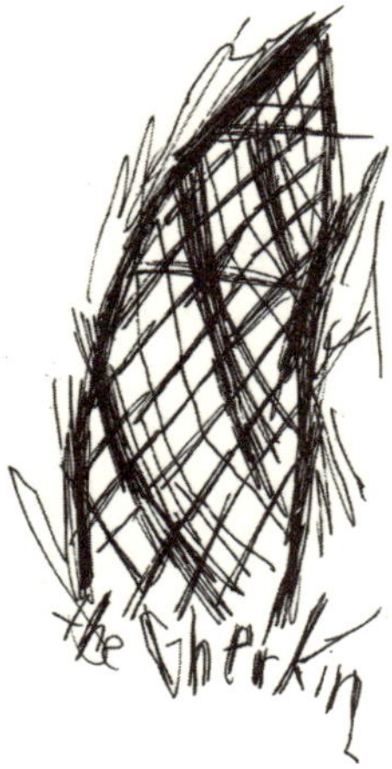

¡Estaba claro que con eso no iba a ganar ningún concurso! Decidí sacar el móvil y grabar vídeos.

Buena idea. Conseguí grandes imágenes del Museo Victoria y Albert, de unos grandes (muy grandes) almacenes llamados Harrods y del palacio de Buckingham... La verdad es que esperaba que este último fuera como un gran castillo, pero no.

Enseguida me di cuenta de una cosa: cuando no tienes a nadie con quien hablar, una videocámara puede convertirse en tu mejor amiga. En serio. Me proporcionó algo que hacer aparte de estar sentado sintiéndome como si tuviera una enfermedad contagiosa.

Fue entonces que empecé a meterme en serio en el asunto. Lo recuerdo porque cuando el autobús giró por Green Park intenté hacer mi primer movimiento de cámara intencionado: apunté hacia el palacio de Buckingham, hice un barrido hacia el cielo, otro barrido rápido y volví a bajar, como si aterrizara en el parque.

Una vez hecho lo volví a mirar y, la verdad, ¡era alucinante! Como si le hubiese puesto la cámara al cuello a un superhéroe antes de que diese el salto más grande del mundo.

Así que seguí en ese plan.

Hice barridos de cámara por el parque, subí el plano siguiendo un árbol, volví a bajar e hice zoom en unos cisnes negros en el agua. Tal como estos últimos abrían y cerraban el pico, pensé que en el vídeo podría ponerles voces humanas (seguramente con acento inglés) y hacer algo divertido con ellas.

No sabía cómo iba a hacer encajar todo eso en el trabajo «Vivir y aprender», pero no me importaba: por fin estaba pasándomelo bien.

Hasta llegué a pensar en tomármelo en serio. Quizás, en vez de pasarme el rato dibujando, podría hacer vídeos. Vídeos guapos, de los que se hacen megavirales en cuestión de segundos.

Y quizás... quizás... alguien me descubriese en YouTube y me diera un curro como director de verdad, con grandes estrellas, y ganaría aún más toneladas de dinero. Me refiero a la pasta suficiente como para comprarme tiburones que hagan trucos en mi propio acuario con vistas a las colinas de Hollywood, y *jets* privados para ir a Hawái a desayunar, y es que a veces no puedes resistir las ganas de comer crepes con piña en tu restaurante preferido...

—¿Qué narices está haciendo?

—No tengo ni idea.

—A veces es un tío de lo más raro. Es como si viviera en su propio mundo.

—¿Verdad que sí?

Uuuuups. Me había concentrado tanto en mi vídeo que ni pensé en que todos los demás seguían allí. Fue como si el mundo desapareciese y solo quedáramos yo y el móvil haciendo nuestras cosas.

Al menos hasta que oí a aquellas chicas detrás de mí. Eso me hizo volver de repente al planeta Tierra. Reconocí las voces de Sabra y Katrina, pero no tuve el valor de darme la vuelta.

—Al menos ya no parece una gamba enana —añadió Katrina.

Eso sonó bien, ¿no? Se habían dado cuenta de que yo había crecido. Quizás no era muy alto, pero sí *más* alto que antes. Al menos ya no era el más bajito de la clase.

—Y es más guapo que en sexto —dijo Sabra.

¿Yo? ¿Más guapo? ¿En serio? No podía creérmelo.

—¡Puaaaj! ¿Rafe te parece guapo?

—Bueno, para ser un pringado…

—Ah, eso sí.

Y las dos se partieron de risa.

Vale, aquello ya me extrañó menos.

Bienvenido al mundo real.

CAPÍTULO 19

LA TORRE DEL TERROR

Nuestra primera parada fue la Torre de Londres. Por si nunca has oído hablar de ella, es un fuerte de hace mil años donde le cortaron la cabeza a un montón de gente en los viejos tiempos.

Así que, claro, la mayoría estábamos superinteresados.

Nuestro guía turístico fue un tío llamado Gordon. Llevaba un uniforme como de colegial antiguo con un sombrero muy alto y nos dijo que era un «guarda real de prisiones». Se los llamaba *beefeaters*, o sea, «comedores de bistecs», porque se supone que cuando la Torre era una prisión de verdad a los guardas se les permitía comer la mejor carne, la misma que el rey. Quería preguntarle si se podía ser vegetariano y trabajar allí, pero decidí mantener la boca cerrada.

PLATOS del DÍA
Carne a la plancha
Filete de carne
Carne picada
Carne con carne
Carné de conducir
Para mí solo una ensalada...

El caso es que Gordon molaba. También era un tío mucho más divertido de lo que cabía esperar en alguien que habla de cosas como la Torre Sangrienta y la Puerta de los Traidores y de que a Ana Bolena le cortaron la cabeza con una espada en vez de con un hacha. Esto último fue porque era la mujer del rey Enrique VIII y porque «a veces con el hacha no se acababa de cortar del todo», según había explicado Gordon.

—Hay quienes dicen que esta Torre es el edificio más repleto de fantasmas de Londres —nos dijo—, y Londres es la ciudad más repleta de fantasmas del mundo.

Aunque nos guiñó un ojo al decirlo, a mí me entraron temblores. Si lo que nos contó era cierto, todas esas ejecuciones se hicieron justo en el mismo patio donde ahora estábamos nosotros.

Por si acaso, decidí tener todo el rato encendida la cámara del móvil. No digo que crea en los fantasmas, pero si existieran y yo conseguía grabar alguno en vídeo, íbamos a ganar el premio seguro.

Cuando Gordon nos dijo que era el momento de hacer cola para entrar a ver las joyas y piedras preciosas, me dio un bajón. Quería quedarme fuera y ver más cosas de miedo y fantasmas y mazmorras.

Pensé que molaba mucho más que ver pedruscos en vitrinas.

No me equivocaba. De hecho, lo que pasó después no moló *nada*.

Y, por supuesto, todo fue culpa mía.

CAPÍTULO 20

REGLAS Y JOYAS

Lo primero que tuvimos que hacer antes de entrar fue tragarnos un montón de reglas. Tenían más reglas para ver las Joyas de la Corona que Stricker en la Escuela Secundaria de Hills Village.

Bueno, tampoco hay que exagerar: nadie tiene más reglas que Stricker. Pero el caso es que en la Torre también tenían muchas.

—Por favor, mantened una cola ordenada, no levantéis la voz, respetad las distancias, no toquéis las vitrinas, no os detengáis, no impidáis el movimiento de los demás… —recitó Gordon como si ya lo hubiese dicho mil veces antes.

No las pillé todas, pero me quedó claro lo básico: NO HACER EL BURRO DELANTE DE LAS JOYAS. Y tampoco se podía hacer vídeos, así que tuve que guardarme el móvil.

Gordon nos dijo que había más de veintitrés mil diamantes, esmeraldas, rubíes y zafiros en una cámara acorazada, que estaba vigilada las veinticuatro horas del día de cada día del año. Le pregunté cuánto valían todas, pero solo dijo que la colección no tenía precio. Eso quiere decir que valen infinito, dólar más, dólar menos.

A mí lo que me moló más fue la entrada: hay que pasar por unas puertas gigantes de cuatro toneladas, como las de la cámara acorazada de un banco.

Una vez dentro, también había pasillos mecánicos,

como los de los aeropuertos (o sea, igual que las escaleras mecánicas pero que en vez de subir van rectos). Así, vas pasando y viendo las joyas sin necesidad ni de caminar.

La verdad es que me resultó un poco aburrido, como pasar una hora mirando una joyería. Quedó clarísimo que los fantasmas y las cabezas rodantes son mucho mejores que los diamantes y los rubíes. ¡Sobre todo porque ni siquiera repartían muestras gratis!

Entonces me fijé en Bobby. Llevaba su cuaderno e intentaba llegar al frente para ver mejor. Supongo que quería escribir sobre las joyas para su parte del trabajo.

No lo he dicho antes, pero Bobby es uno de los chicos más bajitos de la clase. Eso es muy chungo; lo sé porque yo había estado en la misma situación. Así que di un paso atrás y le dejé espacio en el pasillo mecánico.

—Adelante —le dije.

No quería que él pensase que estaba esforzándome *demasiado* por ser su amigo, pero sí intentaba hacer algo amable por él. Sobre todo si era algo con cero posibilidades de hacerlo vomitar.

Bobby no dijo nada, pero se adelantó para ver mejor mientras yo me hacía a un lado.

Durante medio segundo.

En aquella cámara se estaba bastante oscuro, así que no vi exactamente lo que pasó. Solo sé que cuando me aparté tropecé con otro pie. Y lo último que vi antes de que todo acabase fatal fue a Jared mirándome con una sonrisa.

Entonces algo me hizo caer contra una de las grandes vitrinas llenas de joyas, rebotar y acabar en el suelo. En el cristal quedó la huella de mi nariz y dos rayas verticales dejadas por mis manos mientras caía.

El pasillo mecánico siguió en marcha. Un segundo después fui a parar a la moqueta, mientras un montón de gente se apartaba para no caer conmigo como bolos.

Tres palabras: Emergencia. De. Seguridad.

Un grupo de guardas y Stricker vinieron corriendo. Todas las luces se encendieron. Todo el mundo se quedó inmóvil. Yo no sabía cómo todo había podido liarse tanto en tan poco tiempo... *OTRA VEZ*.

—¡NO tocar las vitrinas!

—¡Aquí no se toleran las gamberradas!

—¡Jovencito, levántese del suelo!

—¿¡Qué pasa aquí!? —aulló Stricker.

—Rafe ha intentado empujar a Bobby —dijo alguien.

¿Que QUÉ? Vi que quien lo había dicho era Colin,

el mejor amigo de Jared, mientras este me miraba fijamente y seguía sonriendo.

Pero entonces habló Bobby:

—No ha sido culpa de Rafe. —Yo *aluciné*—. Solo quería dejarme pasar, nada más. Ha sido un accidente.

Supongo que Bobby vio que había querido hacerle un favor. A lo mejor hasta sospechaba que tampoco le había hecho trallar en el avión a propósito.

Así, aunque todos aquellos guardas buscaban a quién echarle la culpa, y aunque Jared *seguramente* me había hecho tropezar a propósito (aunque yo no podía demostrarlo), y aunque Stricker seguía odiándome, por otro lado moló un poco: quizás, por fin, ser amable me había servido para algo.

Con Bobby, quiero decir. Aún tenía que arreglar las cosas con todos los demás.

Empezando por Stricker.

CAPÍTULO 21

EN LA CUERDA FLOJA

Cuando todos se fueron a almorzar *fish and chips*, Stricker me hizo quedarme para darme otro repaso.

—Señora Stricker —le dije—, sé lo que parece, pero como Bobby ha dicho…

—Lo que yo sé, Rafe, es que allá donde vas siempre hay problemas. Sea culpa tuya o no.

—Pero…

—Estoy harta de oír tus *peros* —siguió—. ¿Me entiendes? Ni un *pero* más. No quiero ni oler tus *peros*.

Intenté con todas mis fuerzas no partirme de risa. PERO no pude evitar imaginarme que en vez de *pero* decía *pedo*. Vuelve a leer las frases de Stricker cambiando la palabra y a ver si puedes aguantarte tú la risa.

—¿Qué es lo que te parece tan divertido? —ladró Stricker.

—¡Nada! —contesté, e intenté pensar en las cosas más tristes que pudiese para no volver a reírme mientras Stricker me metía la bronca.

Lo bueno fue que no me metí en más líos. Stricker no me cortó la cabeza ni me castigó después de clase (como sea que se hace eso cuando tu clase está al otro lado del océano).

Lo malo fue que me dijo que yo estaba de nuevo «en la cuerda floja». Si no iba «con extremo cuidado» y me «enderezaba» durante el resto del viaje, iba camino de un suspenso directo. Y eso significaba otro año entero de instituto.

En otras palabras, que la presión era más fuerte que nunca. Tenía que encontrar la forma de lucirme como editor jefe, y para ya (los editores siempre dicen que todo es «para ya»). Solo se me ocurrió una persona que pudiera ayudarme.

La cuestión era conseguir que *ella* me dirigiera la palabra.

DICIEMBRE
¡Navidades Canceladas!
Deberes
PERRO PERDIDO
¿Has visto a Junior?
«SORPRESA» de espárragos

CAPÍTULO 22

¡UN POCO DE AYUDA, POR CARIDAD!

Salí en cuanto Stricker acabó. Todos estaban almorzando a la orilla del río. Pasé del *fish and chips* y me puse a buscar a Jeanne.

La encontré comiendo con Morgan y Alison. Eso no ayudaba: las dos parecieron querer atarme cebo a los brazos, tirarme al agua y esperar a que alguna especie de tiburón de río pasara por allí.

Por lo menos Jared no estaba; yo ya tenía bastantes cosas de las que preocuparme. Aunque lo más importante ahora era Jeanne.

—¿Puedo hablar contigo? —le pregunté—. En privado.

Bueno, en realidad me salió más bien así:

Creo que mi voz me odia. O eso o tengo la peor suerte de la historia de las hormonas.

Pero, a diferencia de sus amigas, Jeanne no se rio. Fue un detalle por su parte. No sé en qué pensaba, pero se levantó y me siguió lejos de Morgan y Alison, para que yo pudiera seguir haciendo el ridículo, pero sin testigos.

—¿Qué pasa? —me preguntó.

Intenté tragar saliva, pero mi garganta se había vuelto como de cuero curtido.

Ahora que estábamos a solas, no podía dejar de pensar en lo que Leo me había dicho la noche anterior. Era como si estuviera allí con nosotros, hablando a todo volumen.

Por fin conseguí hablar.

—La verdad es que tengo que pedirte un favor —le dije—. Pero también quería decirte que siento mucho todo eso de ser editor jefe. Nunca lo pedí, te lo juro.

—No pasa nada, Rafe —replicó Jeanne—. Ya lo sé.

—Ah, ¿sí?

—Sí. Venga, que estás hablando conmigo. No somos desconocidos precisamente.

No estaba seguro de qué había querido decir con eso. Es decir, entendí cada palabra, pero no sabía cuál era su *intención*.

—Esta mañana parecías bastante molesta —le dije.

—Lo estaba. O más bien… no sé, avergonzada.

—¿Y por qué ibas a avergonzarte? No has hecho nada.

—Ya —contestó Jeanne—. Solo que estoy acostumbrada a encargarme de esa clase de cosas, y ahora… bueno… el encargado eres *tú*.

—Aaah —hice. Empezaba a entenderla—. ¿Quieres decir que estabas avergonzada porque no habías conseguido que te hicieran editora, o que lo estabas porque me habían dado el puesto *a mí*?

—Ninguna de las dos cosas. No lo digo en ese sentido. Es solo que… tenía muchas ganas de ganar el concurso —admitió.

No voy a mentir: eso me hirió los sentimientos. Mucho.

Era una tontería, ya lo sé. A ver, no es que yo creyese que iba a hacerlo mejor que Jeanne. Ni mejor ni peor: la verdad es que no creía que pudiera hacerlo, punto. Entonces, ¿qué importaba que Jeanne también lo pensase?

Pero la cuestión es que sí que me importaba.

—Lo estoy diciendo todo al revés —se disculpó Jeanne—. Por favor, no te enfades, Rafe.

—No estoy enfadado.

—Sí que lo estás —insistió.

Pues sí. Lo estaba. Vale, seguramente tenía razón en lo de que íbamos a perder el premio por mi culpa. Pero, a la vez, todo resultaba superconfuso: intentar cabrearse con Jeanne es como intentar cabrearse con una tarta de chocolate. ¡Es imposible!

A la vez, el corazón me iba a mil, me ardía la cara y me sentía como si hubiese corrido un kilómetro con calcetines de cemento.

—Tengo que irme —le dije.

—¡Rafe, vuelve! —exclamó ella—. ¿No has dicho que querías pedirme un favor?

Pero era demasiado tarde. Ahora no podía pararme y volver, así que seguí caminando, tan lejos de Jeanne como pude.

Pero mucho más cerca del suspenso directo.

CAPÍTULO 23

HISTORIA Y MISTERIO

Aquella noche, después de cenar, pasé un buen rato en el Centro de Aprendizaje del hotel. Era como un aula que nos habían preparado con mesas y ordenadores y esas cosas.

Primero tuvimos una reunión de equipo, o así la llamó Stricker. Estaban los directores de cada tema, incluyendo a Jeanne, claro. También Donatello, Rourke, Stricker y yo.

Y sí, todo el asunto fue tan cómodo como una camisa de fuerza de papel de lija. Jeanne no dejaba de mirarme desde el otro lado de la mesa, y yo me pasé el rato diciendo cosas como «ajá», «vale» y «eso suena bien», porque todos tenían mejores ideas que las mías.

Cuando Stricker preguntó cuál debía ser el tema de nuestro trabajo, contesté:

—Hum… ¿Londres?

Creyeron que era un chiste. Pero la verdad es que fue lo único que se me ocurrió en el momento. Todo el mundo me miraba como si se preguntasen qué hacía yo allí, y la idea de ganar el premio me parecía cada vez más como escalar el monte Everest con los ojos vendados y en plena tormenta de nieve.

Después de que se me ocurriesen exactamente *cero* buenas ideas para el tema, Stricker propuso que organizásemos el material que ya teníamos y empezásemos a colgarlo *online*. Y entonces dije que ya me encargaría yo de eso.

Lo hice por dos razones.

Bueno, tres.

En realidad, cuatro.

1. Quería largarme de aquella reunión igual que un pavo quiere largarse de un sándwich de ídem.

2. Tampoco me emocionaba la idea de ir a mi habitación con Miller.

3. Aún quería hacer al menos una cosa buena para todos durante el viaje.

4. Hasta entonces solo había sido peso muerto. Necesitaba demostrar a Stricker que podía hacer eso… aunque yo mismo estuviera bastante seguro de que no podría.

Cuando todos se levantaron para irse, Jeanne se quedó un poco más. Parecía como si quisiera decirme algo, y creo que estaba a punto de hacerlo, pero entonces apareció Jared de repente.

No pude ni mirarlo. Aún no estaba seguro de que hubiera sido él quien me había hecho tropezar en la sala de las joyas… pero estaba *bastante* seguro. Y, aunque me dé vergüenza reconocerlo, la verdad es que me daba un poco de miedo. No era tan grande y fuerte como Miller, pero desde luego era más grande y fuerte que yo, y mucho más popular. En este mundo, eso último es como tener un par de puños extra.

En todo caso, tampoco sabía qué decirle a Jeanne. Supongo que le debía una disculpa, pero ella también me debía una a mí. Daba igual: un segundo más tarde ella y Jared se fueron a hacer lo que la gente popular haga con sus amigos en Londres. Y yo me quedé solo en el Centro de Aprendizaje.

Pensé que quizás el día tres fuese a ser mejor que el día dos. Pero lo que no sabía es que el día dos aún no había acabado. De hecho, la cosa iba a ponerse mucho más interesante.

CAPÍTULO 24

FISGÓN EN LA HABITACIÓN

Para cuando acabé de trabajar en el Centro de Aprendizaje era casi la hora en la que teníamos que irnos a dormir, así que empecé a subir las escaleras. Estaba bastante seguro de que me esperaba algún desastre causado por Miller, como que me hubiera tirado todos los calzoncillos por la taza del váter o algo peor.

Pero, cuando abrí la puerta, solo estaba sentado en la cama y hablando por teléfono. En el mismo instante en que me vio le dijo a la otra persona que tenía que colgar, se puso en pie y se fue directo al lavabo.

—Voy a ducharme —dijo—. Tú espérate aquí.

¡Como si fuera a seguirlo ahí dentro!

Dos segundos más tarde oí como corría el agua. Me pregunté qué era lo que acababa de pasar. Porque algo pasaba, seguro, aunque esta vez no parecía que estuviese llorando ni nada.

Era el momento perfecto para curiosear un poco por la habitación, a ver qué encontraba. De tratarse de mi hermana, lo hubiera llamado «fisgonear». Pero se trataba de mí, así que llamémoslo... «periodismo de investigación».

Y había mucho que investigar. Parecía que por allí hubiese pasado el huracán Miller, después el tornado Miller, y la cosa hubiese acabado con el terremoto Miller. En serio, Miller era aún más desordenado que yo, y eso no es moco de pavo.

Lo primero que vi fue su carpeta del trabajo: asomaba por debajo de la cama, y no parecía que la hubiera cogido en todo el día. Supongo que no le preocupaba mucho sacar una buena nota, o *ninguna* nota. Parecía que tuviera otra cosa en la cabeza, pero ¿qué?

Me interesaba especialmente su móvil. Estaba donde lo había tirado sobre la mesilla de noche, oculto en parte por un folleto del hotel, tres botellas de agua vacías y unos dieciocho envoltorios de caramelos.

Tenía muchas ganas de ver con quién había estado hablando Miller mientras lloraba la noche anterior. Pero no quería tener que tocar sus cosas. Me parecía mal: hasta Miller se merecía un poco de privacidad.

Además, cuando mi dedo rozó «por accidente» el móvil y este se encendió, apareció una pantalla de seguridad. Tenía que encontrar otra forma de averiguar lo que le pasaba.

—¿QUÉ ESTÁS HACIENDO? —rugió Miller detrás de mí.

Cuando me volví, ahí estaba él, vestido del todo y con el pelo empapado. Llevaba una toalla en la mano, pero estaba mojando todo el suelo.

—¿Ya te has duchado? —le pregunté—. ¿Es que intentas batir el récord de velocidad?

Miller se acercó un paso más a mí.

—Te he preguntado que qué estás haciendo.

—Nada —contesté. Estaba a la vez a punto de desmayarme y de mearme en los pantalones. Era como si estuviera bajo una de esas lámparas que usan en los interrogatorios de las pelis para intimidar al sospechoso. Lo único que quería era cambiar de tema.

—Solo estaba… hum…

—¿Solo estabas *qué*?

Miré de nuevo hacia su móvil, vi el folleto del hotel y lo cogí.

—Solo buscaba esto —dije.

—¿Para qué? —preguntó Miller. Ahora me miraba

con los ojos entornados, como si no acabara de fiarse de mí (cosa lógica: yo tampoco me estaba luciendo con mis excusas). Eso quería decir que no había salido aún de la categoría «en vías de extinción».

Volví a mirar el folleto. En la portada decía «¡Bienvenido a El Timón Rompedor!», «¡Wifi gratis!» y «¡Disfrute de nuestra terraza en temporada!».

Entonces se me ocurrió. *¡Eureka!*

—Estaba pensando en ir a echar un vistazo a la terraza —dije—. ¿Quieres venir?

Creo que no se esperaba eso. A ver, ni yo mismo me lo esperaba hasta que salió por mi boca. Pero cuanto antes alejara a Miller de mi escena del casi-crimen, mejor.

—¿Y qué pasa con el tío de seguridad? —preguntó.

—Hay formas de despistarlo —dije. Y era cierto. Stricker había contratado a un guarda para que vigilara por la noche y se asegurase de que todos nos quedábamos en nuestras habitaciones mientras los monitores dormían. Tenía una mesita en el recibidor, pero se pasaba casi todo el tiempo yendo de un lado a otro, del piso de los chicos al piso de las chicas y de ahí al piso de los chicos y después al piso de las chicas, y así toda la noche. Pero eso también quería decir que solo estaba la mitad del tiempo en cada uno.

—Sí, vale —dijo Miller—. Me apunto.

Justo entonces se me ocurrió que quizás mi idea genial no fuese tan genial. Quiero decir, una azotea no es el lugar más seguro del mundo para estar con alguien que se hace llamar *Matador*. Podían pasar toda clase de cosas, y la mayoría eran malas.

—¿Sabes qué? —dije—. Mejor que veamos una peli o algo, puede ser tan…

—Demasiado tarde —me interrumpió él. Ya iba camino de la puerta y me arrastraba consigo—. Me has picado la curiosidad, y tú eres el que sabe cómo hacerlo. Vamos.

Y fuimos.

¿QUÉ PODRÍA SALIR MAL?
¡Déjame volver!
AAAAAAAAA
No. Toques. Mis. Cosas.
¡Vale!

CAPÍTULO 25

MISIÓN IMPOSIMPLE

Antes de ir a ninguna parte miré el plano del hotel que había colgado en la puerta. Mostraba dónde estaban las escaleras exteriores, por si teníamos que salir en caso de emergencia.

Pero ahora no necesitábamos bajar sino subir.

Lo bueno era que, cada vez que el segurata abría la puerta de las escaleras para bajar al piso de las chicas, esta chirriaba y después sonaba un golpe cuando volvía a cerrarse. Es decir, que podíamos oír perfectamente en qué momento se ponía en marcha.

Lo malo era que nosotros teníamos que usar la misma puerta para ir a la azotea. Iba a ser arriesgado, pero no imposible.

En cuanto oímos el siguiente *criiiiiiiiic* y *¡BLAM!*,

abrí la puerta de la habitación y nos asomamos al pasillo.

—¿Hay alguien? —susurró Miller detrás de mí.

—No.

Estábamos solos. Pero había otra mala noticia: miré abajo y vi un trocito de cinta adhesiva pegado en el borde de nuestra puerta. Miré por el pasillo y había otro en la de Martin y Kadir, enfrente del pasillo, y en la de Rudy y Simon, al lado de esa. La diferencia era que sus cintas seguían pegadas al marco como debían.

Parecía que el segurata tenía un par de truquitos. La cinta era una especie de sistema de aviso: si cuando volviera no estaba pegada, eso significaría que alguien había salido de su habitación.

—¿Qué hacemos con eso? —preguntó Miller.

—Ya nos ocuparemos más tarde —susurré.

El daño estaba hecho. No podíamos volver a pegar la cinta desde *dentro* de la habitación, y si lo hacíamos desde fuera no podríamos entrar, y se enterarían de que no habíamos estado en toda la noche. Así que cerré la puerta para hacer como que aún estábamos dentro y seguimos adelante.

—Vamos —le dije a Miller.

Fuimos de puntillas, tan rápido como pudimos, hasta la puerta de las escaleras. Levanté una palma para indicarle que esperase de nuevo. Aquella era la parte más complicada y yo quería ir primero para asegurarme de que el plan salía bien.

El truco para abrir una puerta que cruje es hacerlo a la velocidad adecuada. Así, si suena no será muy escandalosa. Después pasas de lado para no tener que abrirla más de lo imprescindible. Mostré a Miller cómo se hacía, y él lo repitió después de que yo pasara.

El hotel tenía doce pisos, así que tuvimos que subir un montón de escaleras, resoplando, hasta que llegamos al final, la puerta de la terraza. Había unas cuantas sillas plegadas apoyadas contra la pared, y cogí una. Miller abrió la puerta, yo interpuse la silla para que no volviera a cerrarse, y salimos fuera.

El tejado estaba oscuro. Parecía que tenían un restaurante ahí arriba para cuando hacía mejor tiempo. Ahora era como un restaurante fantasma, aunque esa no era la parte que molaba.

En todas las direcciones se extendían las luces de la ciudad, hasta más allá de donde conseguíamos ver. No es que estuviéramos *tan* altos, pero la vista era alucinante.

Saqué el móvil y empecé a hacer barridos a izquierda y derecha y al contrario para conseguir una buena imagen de la ciudad.

—¿Qué haces? —preguntó Miller.

—Una película —respondí.

—¿En serio?

—Bueno, un vídeo. Aún no sé qué es lo que voy a hacer con él.

—Vaya friki. —Se rio.

Nos quedamos un rato ahí parados sin hacer nada. La verdad es que fue casi, más o menos, aproximadamente… pacífico. Era un sentimiento raro teniendo a Miller a mi lado.

Entonces pensé otra cosa.

No sé cómo no se me había ocurrido antes, pero había una razón por la que Miller y yo nos veíamos obligados a compartir habitación, y no era solo que Bobby me hubiese echado.

La cuestión es que ninguno de los dos teníamos ni un solo amigo en este viaje. Los cavernícolas con los que Miller acostumbraba a salir estaban en Hills Village. Aquí nadie quería compartir habitación con él, lo mismo que me pasaba a mí. Debía ser la primera cosa que habíamos tenido nunca en común.

Supongo que así fue como acabé a casi cinco mil kilómetros de casa, en un tejado oscuro con mi mayor enemigo de toda la vida, muy pasado el toque de queda.

A veces mi vida es tan rara que ni yo mismo me la creo.

CAPÍTULO 26

¡POR LOS PELOS!

Para cuando volvimos de puntillas al pasillo del quinto piso, aún no se me había ocurrido qué hacer con la cinta adhesiva azul de nuestra puerta.

Pero ahora Miller estaba muy metido en el asunto, y hasta participó en elaborar un plan.

—¡Eh, ya sé qué hacer! —susurró—. ¿Y si vamos a la habitación de Bobby y Tyler? Podremos salir por su ventana, caminar por la cornisa del edificio y volver a entrar por *nuestra* ventana.

—¡No lo dirás en serio! —contesté—. Creo que ves tantas películas como yo o más. Además, eso no nos ayudaría.

—¿Y por qué no?

—Piénsalo —le recomendé.

—Piénsalo *tú* —ladró.

Iba a explicarle las miles de razones por las que su idea era horrorosa, pero entonces oímos un chirrido y un golpe en el piso de abajo. Eso significaba que el segurata estaba volviendo. Se nos acababa el tiempo.

—¿Qué hacemos ahora? —preguntó Miller.

—Tenemos que entrar —susurré.

Se me estaba ocurriendo una idea. Igual hasta funcionaba, pero igual no. Pero era eso o quedarnos en el pasillo e intentar camuflarnos con el papel pintado de las paredes.

En cuanto Miller abrió la puerta corrí al lavabo. Saqué la chaqueta del pijama de mi maleta, me la puse encima de mi camiseta, me despeiné con una mano y volví a correr a la puerta.

—¿Qué haces? —preguntó Miller, pero no me detuve.

—Tú intenta que no te vea —le contesté. Volví a abrir la puerta y me asomé al pasillo, pero solo un poco para que no se me vieran los vaqueros y las deportivas.

El segurata me vio enseguida.

—¡Se supone que tienes que estar en tu habitación! —dijo, en una especie de grito y susurro a la vez.

—Lo siento —dije. Entorné los ojos como si acabase de despertarme y las luces brillantes me deslumbraran—. Me ha parecido oír a alguien ahí fuera.

—Claaaro —contestó él, como si yo fuese el americano más estúpido que había visitado nunca la ciudad—. Era yo.

—Ah —dije—. Vale. Pues entonces buenas noches.

Eso fue todo. Un segundo después estaba de nuevo dentro, con Miller respirándome en el cogote.

—¿Y todo eso para qué ha servido? —dijo.

Me llevé un dedo a los labios para hacerlo callar. Un segundo más tarde oí a alguien al otro lado de la puerta. El segurata estaba allí.

Miller se apoyó contra la puerta, y yo también.

Lo siguiente que oímos fue un mínimo ruido: el segurata estaba volviendo a pegar la cinta. ¡Bam! ¡Misión cumplida!

Tendrías que haber visto la cara que se le quedó a Miller. Como si no pudiera creerse que Rafe «Kachoburro», como él me llamaba a veces, lo hubiese conseguido.

—Vale, eso ha molado bastante —dijo.

—Gracias.

Venía a ser la mejor conversación que habíamos mantenido nunca, así que seguí.

—Ejem, Miller —seguí—. Hablando de molar, eso de dormir en el baño no mola demasiado. Me preguntaba si...

—De eso nada. Vas a seguir durmiendo ahí —afirmó, y se dejó caer en su cama—. Ah, y no hagas ruido. Estoy reventado.

En fin... supongo que por lo menos valió la pena intentarlo.

Capítulo 27:
F. ASADO y LEO en:
CÓMO HABLAR INGLÉS
El inglés para yankis. Lección 1
¿Frank?
...¿Frank?

Tenemos que empezar sin él. ¿Hay algún voluntario entre el público?
Yo misma.
!
Bienvenidos a «Cómo hablar inglés».

Lección 1: Si en Inglaterra te preguntan si quieres CHIPS, la respuesta siempre es sí.
A las patatas de cucurucho las llaman «chips». Y a las chips, «crisps».
Patatas
CHIPS
Ah, y aquí cuando pides «una taza» es de té, no de café.
Patatas
CHIPS

JELLO
Líquido misterioso
'Jello' es gelatina, no que te saluden.
Los camiones son LORRIES, no «trucks»...
Y es LIFT, no «elevator».
¡DING!
El fútbol se llama SOCCER. El FÚTBOL AMERICANO es parecido al rugby.

Al lavabo lo llaman LOO. Se pronuncia «lu».
LOO
LOO
¡EEEH!
LOO NEWS
COOKIES NO: BISCUIT
"Z" se dice ZED
Z
¡Ahí estás!
¡Perdón!
LOO
¡SE ACABÓ LA CLASE!

CAPÍTULO 28

¡A POR ELLOS!

A la mañana siguiente me levanté temprano, pensando en todo el trabajo que tenía por hacer.

Y en Jeanne.

Y en Stricker.

Y en lo de ser editor jefe.

Sobre todo en lo de ser editor jefe. Me quedaban tres días para clavarla con el trabajo (o me clavarían a mí). Así que, aunque era supertemprano, bajé al Centro de Aprendizaje. Quería empezar el día con fuerza.

¿Sabes quiénes más se despiertan temprano para trabajar? La gente lista. Como, por ejemplo, Jeanne Salletta.

Cuando entré, ahí estaba ella, sentada en uno de los ordenadores.

Permíteme pedir tiempo muerto un momento. ¿Sabes todas esas comedias románticas? Bueno, pues si la vida fuese *de verdad* como en esas pelis, habría mirado a Jeanne y le hubiese dicho:

*No es de verdad. Es una peli, ¿recuerdas?

Y Jeanne habría contestado:

*Es perfecta tal como es.

Y yo hubiese replicado:

Y entonces ella hubiese sacado dos billetes y hubiese dicho:

Entonces nos hubiésemos marchado y fuera estaría lloviendo a cántaros y seguramente nos hubiéramos besado. No, seguramente no: seguro. Y entonces una canción romántica supercomercial sonaría de fondo. Es lo que pasa siempre en las pelis, aunque yo no acabo de ver qué tiene de romántico que llueva a cántaros.

En fin, da igual: ni estábamos en una peli ni yo tenía esa pinta, y ni siquiera llovía. Yo era yo, ahí parado como un burro a las seis de la mañana.

—Hola —dijo Jeanne cuando me vio.

—Hola. ¿Qué haces aquí?

—Quería adelantar con mi trabajo —contestó—. ¿Y tú?

—Yo quería adelantar con el *mío*.

Los dos nos dirigimos una media sonrisa. Quizás debería haberle dicho algo más, pero mi cerebro era como la papelera más vacía del mundo.

Fue Jeanne la que siguió.

—Rafe, siento mucho lo de ayer. Es verdad que quiero ganar el premio, pero no debería haber dicho lo que dije.

—No hay problema. —Y era cierto; estaba siendo muy sincero—. La verdad es que tenías razón. No sé lo que hago y necesito ayuda.

Jeanne retiró la silla a su izquierda y me indicó con un gesto que me sentara.

—¿Y si volvemos a empezar? —dijo.

Aunque aquello no era una peli, Jeanne consiguió que lo pareciera. Ahora me gustaba aún más, y sentir eso era bueno y malo a la vez, no sé si me explico.

Si no me explico, simplemente créeme.

CAPÍTULO 29

ARTISTA JEFE

El tiempo pasó volando hasta la hora del desayuno. Jeanne me mostró un montón de cosas geniales que podíamos hacer para que el trabajo quedase mejor, y yo le enseñé algunos de mis vídeos, a ver qué le parecían.

—Este está muy bien —dijo. Más de una vez—. Son como pinturas en movimiento. Tendríamos que llamarte *artista* jefe.

Eso me gustó. Mucho. Y es que, la verdad, tengo infinitas posibilidades más de sacar buenas notas en plástica que en sociales (o en cualquier otra cosa).

—Gracias —repliqué—. Pero sigo sin saber lo que hago. Ojalá fuese la mitad de listo que tú.

Entonces ella puso una cara que no le había visto nunca antes.

—¿Estás pensando lo mismo que yo? —me preguntó.

—Ni idea. —Nunca sé lo que piensan las chicas.

—Bueno, no va *del todo* contra las reglas que te ayude. Y a lo mejor ni siquiera hace falta que se lo digamos a Stricker. ¿Qué te parece, Rafe? ¿Quieres tener una socia secreta?

Me pregunté si estaba bromeando. Jeanne es de lo más recta, ya me entiendes. No sería la persona a la que acudir si quieres robar un banco. Ni siquiera para falsificar las notas del insti.

Pero resultaba de lo más tentador: ella tenía cerebro y yo era creativo. Ella era competitiva y yo me sabía unos cuantos truquillos. Ella deseaba con todas sus fuerzas ganar el premio, y yo deseaba con todas mis fuerzas lo que fuera que Jeanne desease.

—¿Trato hecho? —preguntó.

—Un trato *secreto* —dije, y nos dimos la mano.

—¿Qué trato secreto? —preguntó alguien.

Cuando me volví, Jared estaba apoyado en el marco de la puerta del Centro de Aprendizaje. Había llegado silencioso como una cucaracha (bueno, si las cucarachas tocaran la guitarra, estuvieran en el equipo de *lacrosse* y tuvieran una dentadura perfecta).

—¡Hola, Jared! —dijo Jeanne—. Estoy ayudando a Rafe a hacer de editor jefe, pero no queremos que Stricker lo sepa. Al menos no hasta que ganemos el premio. ¿Verdad, Rafe?

—Hum... sí.

Se suponía que eso era algo bueno. Hasta Jared se daría cuenta, ¿no? No le había quitado el puesto a Jeanne, como demostraba lo que ella misma acababa de decir.

¿Verdad?

Pero noté algo raro en la forma en que él me miró. No voy a decir que parecía celoso, porque, la verdad, eso sería como un sándwich de tres pisos celoso del sobre de mayonesa a su lado.

Pero supongo que no le gustaba que me viese en secreto con su chica. O que nos cogiéramos de la mano, cosa que no estábamos haciendo, aunque lo pareciera; solo era un «choca esos cinco».

—Así que no se lo digas a nadie, ¿vale? —le pidió Jeanne.

Jared volvió a dirigirme su extraña sonrisa, que más bien parecía *lo contrario* de una sonrisa.

—Claro —contestó él—. No hay problema.

Pero a mí no me sonó para nada a «no hay problema».

Me sonó mucho más como *GRAN problema*.

CAPÍTULO 30

JUDÍAS PARA DESAYUNAR

Perdona, tiempo muerto otra vez. No tiene nada que ver con esta historia o los líos en que me había metido, pero si alguna vez quieres un desayuno genial, ¡ve a Inglaterra! ¡Huevos fritos y judías con tomate, *deliciosos* (por raro que suene)! Los ingleses sí que saben empezar bien el día.

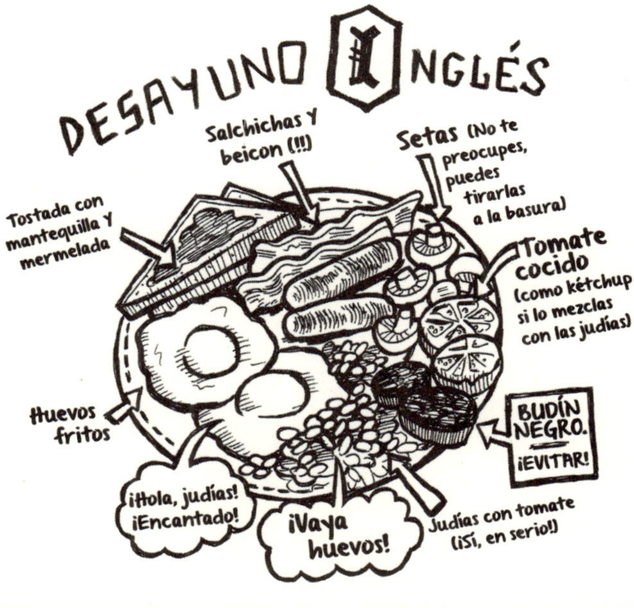

En fin, que no vas a volver con hambre a casa.

De nuevo, perdona por la interrupción. Este desayuno merecía un capítulo propio, ¡así de *genial* estaba!

Vaya, ahora vuelvo a tener hambre.

CAPÍTULO 31

ASIENTO VACÍO

Para cuando nos subimos al autobús aquella mañana, estaba preparado para Stricker.

—¿Tú has hecho esto? —me preguntó.

Acababa de darle la lista completa de trabajo del día; así todos sabrían sobre qué tema tenía que escribir cada uno, quiénes tenían que sacar fotos, esa clase de cosas. Todo había sido idea de Jeanne, pero, como lo escribí yo, *técnicamente* era cosa mía.

—Vaya, todo esto parece aceptable —dijo Stricker—. Pero vamos a necesitar cuarenta copias, una para cada...

—Aquí están —contesté, y se las di. Aún estaban calientes por la fotocopiadora del hotel.

—Oh. —Creo que no se lo esperaba (¡gracias de nuevo, Jeanne!).

Encargos del MARTES

ACTIVIDAD:	TEXTOS:	FOTOS:
Galería Saatchi	Molly, Bobby, Mackenzie, Sabra	Kadir, Olivia, Simon
Old GLOBE Theatre	Rafe, Phinn, Katrina, Seth	Maya, Dominic, Emma G.
SOUTH BANK	Zoe, Jeanne, Colin, Emma W.	Tyler, Alison, Martin
LONDON EYE	Jared, Rudy, Andrea, Lily	Dryden, Robin, Makayla
Piccadilly CIRCUS	Isaiah, Morgan, Cedric	Hailey, Charlie, Katie, Shelby

El único asiento libre estaba al lado de Miller. No sabía qué esperar de él desde nuestra pequeña misión en la terraza, pero no dijo nada cuando lo ocupé. Ni siquiera levantó la vista de su móvil. Al menos, no hasta que Stricker pronunció mi nombre al pasar lista.

Y entonces, claro...

Tengo que concederle que su estúpida imitación de mí le salía cada vez mejor. Stricker no dijo nada y siguió.

Entonces (*¡PING!*) Miller recibió otro mensaje y volvió a su móvil. Seguía raro. Pasaba el pulgar por la pantalla como si quisiera romper el cristal.

Obviamente, todo eso aumentó aún más mi curiosidad. Pero tenía que seguir una estrategia: si tenía paciencia, quizás podría descubrir el problema de Miller y dejar de ser su pelota preferida de pimpón a la vez.

La palabra clave de la frase anterior era *quizás*.

Volví a dibujar en mi cuaderno. Ya me preocuparía más tarde por Miller. Tenía miles de nuevas ideas para vídeos; el proyecto me estaba emocionando. Todo era muy diferente ahora que tenía una socia secreta y un nuevo título oficial.

O, al menos, no oficial. Gracias a ya-sabes-quién.

CAPÍTULO 32

NO ES MALO, SOLO RARO

Cuando llegamos a la galería Saatchi... bueno, antes que nada: ¡*UALA!* Seguro que Donatello nos hizo ir porque le gustan las obras de arte raras tanto como a mi perro le gusta olisquear culos (y eso es *mucho*, por si nunca has conocido a Junior).

Sí, el lugar era raro con R mayúscula. Nunca había visto obras como las que tienen allí.

En una sala solo había esculturas gigantes de tuercas y tornillos.

En otra, las paredes y el techo estaban cubiertos con cajas transparentes llenas de tierra y piedras, para dar la impresión de que estás bajo el suelo.

En otra la exposición era de sonidos. Se suponía que tenías que sentarte en un banco y escuchar.

Había grabaciones de cascadas y grifos goteantes, mezcladas con otras de gente hablando de dinero.

Lo dicho: raro, superraro y megarraro.

Pero, a la vez, molaba mucho. No apagué la cámara en toda la visita. Y lo mejor fue que Jeanne estaba allí para ayudarme.

En otra sala había otra exposición que se llamaba *Desnudos modernos*, pero Stricker no tardó ni un segundo en prohibírnosla. No podíamos ni acercarnos.

Todos seguían la hoja de tareas. Sacaban fotos y tomaban notas, exactamente tal como debían. Fue increíble ver cuánto mejor iba todo gracias a aquel trozo de papel que se le había ocurrido a Jeanne.

Que yo supiera, Stricker no sospechaba nada. O a lo mejor estaba demasiado ocupada bloqueando la entrada a la sala de los desnudos. Me dio la impresión de que la «cuerda floja» en la que estaba yo, según me había dicho, ahora era un poco menos floja.

Hasta ahí, todo bien.

CAPÍTULO 33

EL MUNDO ES UN ESCENARIO

Igual piensas que es una pregunta un poco rara, pero ¿crees en las señales?

No las de STOP y PROHIBIDO EL PASO. Me refiero a cuando sientes que alguien, en algún lugar, intenta decirte algo. Eso fue lo que me sucedió en nuestra siguiente parada, el teatro Old Globe.

Es un lugar superfamoso. El Globe original era donde William Shakespeare representaba sus propias obras en el siglo XVII. Aún hoy siguen haciéndolo.

Después de visitar el edificio, unos actores salieron al escenario para interpretarnos algunas escenas. La primera fue de una obra llamada *La comedia de las equivocaciones*, y después representaron un trozo de *Hamlet*.

Acabaron con una escena de *Romeo y Julieta*. Esa es la única obra de Shakespeare de la que sé algo, porque Donatello nos había hecho leer fragmentos en sexto.

Y ahí fue donde la cosa se puso interesante de verdad (al menos para mí).

Primero, era la parte sobre la que me había encargado a mí mismo escribir. Esta vez tomé notas en vez de grabar un vídeo. Tuve que escribir tan rápido como podía, así que, para abreviar, en vez de «Romeo y Julieta» puse «R+J».

Eso mismo: R y J. ¿Has notado algo alucinante en esas iniciales? ¿Por ejemplo, que podían pertenecer a otras dos personas?

Como quizás… Rafe y Jeanne.

Desde luego, yo sí que me di cuenta. Donatello dice que las obras de Shakespeare están llenas de simbolismo. Eso me dio que pensar. Quizás fuera una indicación de algo.

O sea, una *señal*.

Es decir, que igual Leo había tenido razón. Quizás sí que tenía que decirle a Jeanne lo que sentía por ella. A ver, se trataba de *Romeo y Julieta*, que se supone que es la mejor historia de amor de todos los tiempos.

No solo eso, sino que en la escena que nos representaron Julieta estaba en un balcón diciendo «¡Oh, Romeo, Romeo! ¿Por qué eres Romeo?» mientras él se encontraba abajo, intentando decidirse a hablar con ella.

¿Te suena?

A ver, no me entiendas mal. La verdad, lo más seguro es que todo fuera solo una enorme coincidencia. Pero por un segundo (o, bueno, un microsegundo) pareció más que pura casualidad.

Para cuando acabó la escena, yo ya había decidido que Leo tenía razón. Tenía que decirle *algo* a Jeanne, aunque no fuese una gran declaración de amor. Igual le contaba lo de «R+J», a ver cómo reaccionaba.

Eso sí sería capaz de hacerlo, ¿no?

Después de la representación, mientras Jared hablaba con alguien, fui *por casualidad* al lado de Jeanne y me quedé esperando *por casualidad* a que ella me viera.

—¿Te ha gustado? —le pregunté.

—Sí, ha sido genial.

—Sobre todo lo de Romeo y Julieta —dije, y seguí antes de que el ruido que hacía mi corazón fuera tan fuerte que ella lo oyera—. En realidad, es divertido, porque…

—¿Divertido? —Me dirigió su mirada de *¿Estás pirado?*—. ¿Has leído la obra entera?

—Solo los trozos que nos hizo leer Donatello. ¿Por qué?

—Vale, aviso de *spoiler*, pero los dos se mueren al final.

—Ah, ¿sí?

—Sí —siguió Jeanne—. Es una de las tragedias más importantes de Shakespeare.

Sí, bueno, para tragedias las mías, pensé.

—¿Y qué ibas a decir que era tan divertido? —preguntó por fin.

—Ah… bueno… nada… Da igual, en realidad no tiene gracia.

Entonces Alison empezó a hablar con Jeanne y Stricker nos dijo que fuésemos hacia la salida, así que la cosa acabó *pfffffft*.

En fin. Ya habría más suerte en la próxima tragedia.

CAPÍTULO 34

NO TE MUEVAS

Aquel día volvimos a comer fuera. Esta vez fue en el South Bank, que es básicamente un larguísimo, gigantesco parque a la orilla del río Támesis.

Había un montón de cosas guapas que ver, como una zona para *skates* llena de grafitis, gente que pintaba cuadros y otros que eran arte ellos mismos: estatuas humanas que solo se movían si les dabas unas monedas.

También había músicos y toda clase de gente que hacía arte y dinero a la vez. Donatello nos dijo que en Inglaterra los llaman *buskers*. Todo lo que hacían molaba mucho.

Y también resultaban «inspiradores», como diría mamá.

Decidí olvidar por el momento la tragedia con

Jeanne y seguir adelante con mi vida. Pero, cuando iba a comer, ella se sentó a mi lado.

—¿Y ahora qué? —preguntó.

—Pues mira, quiero probar una cosa que se me ha ocurrido, y este sería un lugar perfecto.

—Vámonos a comprar una camiseta o algo —nos interrumpió Jared.

—No, quiero hacer esto con Rafe —contestó ella.

Él me dirigió una mirada asesina y me dedicó una de sus sonrisas falsas.

—Bueno, vale —dijo—. Me apunto.

Me dieron ganas de decirle que saltara al río y esperase nuevas instrucciones, pero, claro, no lo hice. Además, necesitaba al menos dos personas más para lo que quería hacer.

—Por favor, poneos por allí —les dije mientras dejábamos la comida.

Una vez los tuve con el río de fondo, saqué el móvil.

—Ahora haced una postura como si estuvierais corriendo, pero quedaos muy muy quietos.

Mi idea era una cosa que se llama *stop motion*. Para hacerlo, pones en marcha la cámara y grabas medio segundo, la pones en pausa y la gente se mueve, pero solo ligerísimamente.

Entonces grabas medio segundo más y vuelves a ponerla en pausa, y la gente se mueve otro poquito.

Una y otra y otra vez.

Es como hacer dibujos animados con imágenes reales, y queda genial si te sale bien.

Ah, y otra cosa: ¿sabes lo que pasa cuando la gente popular empieza a hacer lo mismo que tú? Que de repente a otros también les interesa.

Apenas habíamos empezado cuando aparecieron Sabra y Katrina.

—¿Qué hacéis? —preguntó Katrina.

—Estamos grabando un vídeo —contestó Jeanne.

—¡Qué divertido! ¿Podemos salir nosotras? —dijo Sabra. Curioso: si se lo hubiese pedido yo, se me hubiera reído en la cara.

—Claro —dijo Jeanne—. ¿Dónde quieres que se pongan, Rafe?

—Katrina, ponte allí —le indiqué—. Sabra, tú a su lado. Jared y Jeanne, quedaos donde estáis y poned cara de sorpresa.

Medio segundo más tarde, era como si Katrina y Sabra se hubieran materializado de golpe en la escena. Y así seguimos.

Al poco, casi toda la gente de la clase se había apuntado, incluido Miller. Seguí haciendo que fueran apareciendo de repente, improvisando... y consiguiendo un resultado muy molón, modestia aparte. Hasta los otros turistas se paraban a mirar, como si fuésemos parte de la vida artística de Londres.

Supongo que lo éramos.

WE
WE ♥ LONDON

CAPÍTULO 35

EYE AY AY

Cuando fuimos a la cola del London Eye estaba emocionado… y nervioso.

Y emocionado.

Pero más que nada nervioso.

El London Eye es una gigantesca noria que en vez de asientos tiene grandes esferas de cristal por las que puedes verlo todo. No sabía si llegar arriba de todo en una de esas sería como estar dentro de un edificio muy alto, cosa que no me molestaría nada, o como estar al borde de un abismo, cosa que no podría soportar.

Si leíste la historia de mi último verano en las Rocosas, ya sabrás que lo de las alturas me marea y me hace sudar y me da pánico y me vienen ganas de vomitar. No es un espectáculo bonito de ver.

Por otro lado, sabía que desde allá arriba podría

sacar unas fotos alucinantes de Londres. No quería perdérmelo. Y, desde luego, no quería quedar como Rafe Khatchadorian: Gallina Internacional frente a toda la clase.

Además, aquello no era nada comparado con las Rocosas, ¿verdad?

Por fin, me decidí.

En cada cabina cabían veinticinco personas, así que nos dividimos en dos grupos. Jeanne y Jared acabaron en uno y yo en otro. Parecía que Jared ya había tenido bastante de *El show de Rafe y Jeanne* por hoy, y yo no quería arriesgarme con él: tenía que concentrarme en grabar un gran vídeo.

«Bienvenidos al London Eye —dijo una grabación—. Por favor, pasen al fondo y tengan cuidado cuando se cierren las puertas.»

Vale, pensé yo, y respiré hondo. *Que Dios reparta suerte*.

Pero el reparto no empezó muy bien: cuando saqué el móvil vi que tanto *stop motion* había agotado la batería.

Me di la vuelta enseguida, pero las puertas ya se habían cerrado. No podía hacer nada excepto subir, subir, subir.

¿O sí?

Fui rápido. Rebusqué en la mochila y saqué la hoja de tareas. Miré quién tenía que sacar fotos de esto. Y, claro, con la típica suerte Khatchadorian, era *él*.

—Eh, Miller —le dije—. ¿Puedo usar tu cámara?

—Anda que lo llevas claro —contestó—. Como si fuera a dejarte mi nuevo MyPhone 10 Deluxe.

—Por favor —insistí—. Yo haré las fotos por ti.

Eso pareció interesarle. Se lo pensó un segundo, y entonces sacó el teléfono y tecleó la clave.

—Pero recuerda que si lo rompes...

—Sí, sí, ya lo sé. Si lo rompo, lo pago.

—Eso. Pero además yo te rompo a ti.

—Vale, es justo.

Fui al centro de la cabina, me senté en el banco e intenté hacerme a la idea de que al trasto ese aún le quedaba mucho por subir antes de que empezase a bajar.

Volví a respirar hondo. *No hay problema*, pensé. *Puedo soportarlo*.

Y aunque no pudiera, tampoco era que tuviera muchas opciones. Estábamos suspendidos sobre el vacío; no era como si fuese a abrir la puerta y largarme.

Me costó un rato, pero vi que si no dejaba de respirar y no miraba hacia abajo la cosa no era *tan* horrible.

Además, la enorme vista de la ciudad (que era ALUCINANTE, por cierto) parecía mucho más pequeña en la pantalla del móvil. Decidí concentrarme con todas mis fuerzas en ella. Todo parecía un poquito mejor a través de la cámara. Y entonces, cuando parecía que llegábamos a la cima del mundo y yo casi hasta me sentía a gusto... el móvil de Miller emitió un *¡PING!*

Le miré, pero estaba demasiado ocupado con el paisaje y no se había dado cuenta. Contemplé el aparato; había salido un aviso que decía que tenía un nuevo mensaje de texto. Era de «Mamá», pero solo se veían las primeras palabras.

Si quería ver más tenía que abrir el mensaje... lo cual era una gran tentación.

También era una idea desastrosa. Lo supe porque pensé *Esta es una idea desastrosa* antes de hacerlo igualmente.

Quizás fue por la altitud. O quizás me pudo la curiosidad. También podría ser que, sencillamente, soy un idiota. ¿Quién sabe?

Pero una cosa está clara: desde luego, no me esperaba lo que averigüé después.

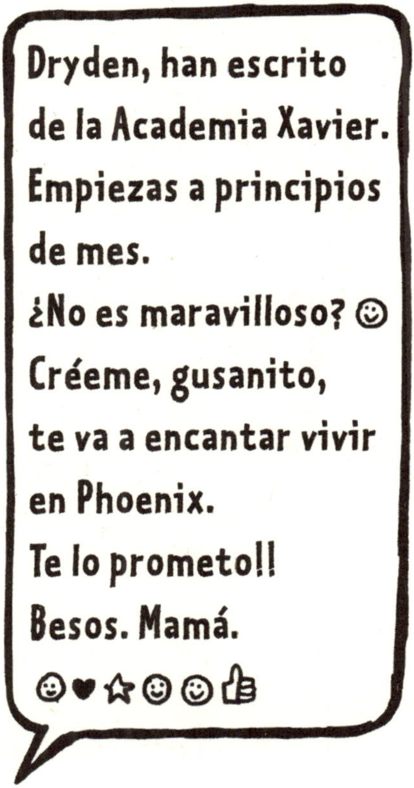

Fue como si cada neurona de mi cerebro se disparase a la vez.

AY.

LA.

LECHE.

¿Miller se *LARGABA*? ¿¡A *Phoenix*!?

Por no hablar de… ¿¿¿«*Gusanito*»??? ¡Y yo que creía que Dryden ya era malo! Uau.

Era por eso que Miller estaba llorando la primera noche, ¿no? Porque iba a tener que irse a vivir muy muy lejos.

Pero de momento no se iba a ninguna parte. Al contrario: cuando levanté la vista de la pantalla vi que venía hacia mí.

—¿Vas a usar la cámara o no? —preguntó.

—¡SÍ! —dije, un poco demasiado alto. Fui hasta la pared de la cabina y volví a usar enseguida la cámara para no tener que mirarle a los ojos ni un segundo más.

Mis manos tomaron el control. Volvieron por sí mismas a grabar el vídeo, mientras mi cerebro saltaba y daba vueltas y se retorcía para dar cabida a todo lo que estaba pensando. Y es que…

Aquello. Lo. Cambiaba. Todo.

CAPÍTULO 36

CONTROL REUNIÓN SORPRESA

Una vez volví a tener los pies en el suelo (en más de un sentido) pensé que lo mejor para lo de Miller era seguir sin hacer nada. A ver, el asunto era supermegaimportante, pero no iba a decirle a «Dryden» que acababa de leer el mensaje, igual que no le conté que lo había oído llorar la primera noche. Las cosas entre él y yo habían llegado a un punto no-totalmente-horroroso, y quería que siguiesen así.

Además, en cuanto volvimos al hotel al anochecer, Stricker provocó otro «momento ajá».

—Comité de trabajo, vamos a hacer una reunión breve de seguimiento en el Centro de Aprendizaje antes de irnos a dormir —dijo.

—¿Eso quiere decir *ahora*? —pregunté yo.

—Sí, ahora.

Miré directo a Jeanne. Era como si nos pusieran un control sorpresa. No había tenido ocasión de pensar en qué íbamos a hacer, o cómo sería la próxima asignación de tareas, o nada de esas cosas que Stricker *creía* que yo sabía hacer.

Supongo que podría haber improvisado, pero… ¡NI SOÑARLO! Totalmente IMPOSIBLE improvisar con algo como eso.

—¿Qué digo? —le pregunté a Jeanne mientras cruzábamos el vestíbulo.

—Pues… —Me di cuenta de que Jeanne estaba pensando a toda velocidad—. Di que mañana todos intercambiaremos las tareas: los redactores sacarán fotos y los fotógrafos escribirán.

—Me gusta —dije. Y además era algo que podía recordar fácilmente.

—Ah, y si Stricker pregunta, hoy hemos dejado hechos tres o cuatro temas. Isaiah les ha sacado información sobre la Saatchi a Sabra y Kadir, y le pedí a MacKenzie que se concentrase en la historia del Old Globe…

—¡Eh, eh, eeeeh! —exclamé—. ¡Demasiada información!

—Bueno, pero va a querer saberla. Y se supone que eres tú quien debe dársela.

—Ya lo sé, ya lo sé —dije, intentando desesperadamente que no se me escurriera por el cerebro todo lo que me había dicho Jeanne.

Ya estábamos en el pasillo, alejándonos de la recepción camino del Centro de Aprendizaje.

—¡Ya lo tengo! —dijo Jeanne—. Ten el teléfono donde puedas verlo. Te enviaré el resto por texto.

—¡Pero mi móvil está muerto! Antes tengo que cargarlo.

—¡No hay tiempo para eso! —exclamó ella.

Aquello era como una cuenta atrás, y *yo* era la bomba que iba a estallar en unos doce segundos y medio.

—A menos que… —siguió.

—¿A menos que qué?

—¡Vosotros dos, moveos! —aulló Stricker. Estaba en la puerta del Centro de Aprendizaje, con pinta de no poder esperar a subir, pedir la cena al servicio de habitaciones y ver la tele, o lo que fuese que hiciera para descansar.

—Ten, coge este. —Jeanne me colocó su móvil en la mano—. Abre la ventana de los mensajes y ponlo en silencio.

—Pero…

—¡Hazlo y calla!

No era que tuviese muchas alternativas. Ya entrábamos en la sala y la reunión iba a comenzar en cinco… cuatro… tres… dos…

CAPÍTULO 37

OPERACIONES ENCUBIERTAS

Señorita Donatello, ¿puedo usar su portátil para tomar notas? —le preguntó Jeanne cuando estuvimos todos sentados a la mesa grande del Centro de Aprendizaje.

—Claro —contestó ella, y se lo pasó—. Muy bien. Ha sido un día largo, así que acabemos rápido —propuso.

Yo seguía sin saber de qué iba aquello. Todo el mundo sacó sus cuadernos, y Jeanne ya estaba tecleando en el portátil de Donatello.

Entonces apareció un texto en su móvil:

¿RECIBES ESTO?
RÁSCATE LA CABEZA PARA DECIR QUE SÍ

Lo hice, y la miré de reojo. Seguía tecleando, como si ni se hubiese dado cuenta de que yo estaba allí.

—Muy bien, Rafe —dijo Stricker—. ¿Qué plan tenemos para mañana?

Al menos para eso sí que estaba preparado.

—Creo que tendríamos que hacer lo contrario que hoy —contesté—. Mañana, todos los que han redactado pueden dedicarse a hacer fotos, y los que han hecho fotos pueden redactar.

—Esa es una idea muy ingeniosa —dijo Donatello—. Estoy impresionada, Rafe.

—Gracias. —Me hizo sentir bien pero también culpable, ya que el mérito era de Jeanne.

Esperaba que ahí acabase la cosa, porque me había quedado sin nada más que decir. Pero Stricker siguió:

—Recordad seguir colgando actualizaciones individuales en la web del instituto. Pero también tenemos que asegurarnos de que todos los temas queden cubiertos en el trabajo «Vivir y aprender» que presentaremos el viernes. ¿Cómo avanza eso, Rafe?

—Bueno —respondí—, permítame... ejem... consultar mis notas.

Pasé algunas páginas de mi cuaderno e hice como que las leía, mientras Jeanne seguía tecleando.

—Hum... deme un par de segundos o diez...

Y entonces:

HEMOS EMPEZADO BIEN EN HISTORIA, ARTE Y ACTUALIDAD

¡Fiuuu!

—Hemos empezado bien en historia, arte y actualidad —dije.

MAÑANA NOS PONDREMOS AL DÍA EN POLÍTICA Y CIENCIA

—Mañana nos pondremos al día en política y ciencia —dije.

Y PARA EL VIERNES LO TENDREMOS CACABADO

—Y para el viernes lo tendremos *cacabado* —dije.

—¿Qué? —preguntó Stricker, y todo el mundo miró.

ACABADO!!! (PERDONA!)

—¡«Acabado»! —dije—. ¡Quería decir «acabado»! Nunca supe si Jeanne estaba sudando tanto como yo, pero me sentía como si me estuviese ahogando.

Stricker me miró fijamente. Era como si pudiese *oler* que había algo raro, pero no sabía qué. Y, créeme, tiene un olfato muy fino para detectar problemas. Todo lo demás se detuvo... incluido mi corazón, creo.

Por fin se levantó.

—Tenéis todos una hora antes del toque de queda. Por favor, tened vuestros últimos materiales cargados en la web de la ESHV para entonces. Seguiré vuestro progreso desde mi habitación —dijo, y cerró su portátil mientras se dirigía a la puerta.

Cuando miré a Jeanne no parecía nada sudorosa. La verdad es que parecía dispuesta para el segundo asalto.

Pero yo no. Era como si acabase de protagonizar

todas las pelis de *Misión imposible* a la vez. Y la única razón por la que seguía vivo era la agente especial Salletta.

También conocida como Jeanne.

Jeanne era genial.

CAPÍTULO 38

NO TOCAR, PELIGRO DE MUERTE

Llegué *hecho polvo* a mi habitación. Me sentía como el que pasa la bayeta después de un doble turno en el túnel de autolavado. Solo quería meterme en una cama cómoda y dormir ocho o veinte horas.

Bueno, también quería un suministro vitalicio de pizza con *pepperoni*, la paz en el mundo y la tarjeta de crédito de Bill Gates, y tampoco iba a conseguir nada de eso.

En cuanto entré, Miller apagó su luz, aunque no iba a dormir: estaba tumbado sobre su cama aún hecha y veía la tele.

—¿Qué tal? —le dije.

—*Nhdh* —contestó. Creo que significaba «nada».

—¿Quieres un poco? —Le ofrecí una chocolatina Cadbury que había comprado en el vestíbulo.

—Nah.

Entonces me di cuenta de que Miller estaba peor que nunca: normalmente le gusta la comida aún más que a mí.

Me imaginé que estaría deprimido por tener que mudarse a Phoenix, aunque no podía decírselo.

—Eh, Miller, no... hum... no tienes muy buena pinta.

No me contestó. Siguió viendo la tele, aunque solo era un anuncio de algo llamado *potted meat* (ni idea de qué es «carne en una maceta»).

—¿Miller? —insistí.

—No quiero hablar de eso.

—¿Hablar de *qué*? ¿Qué pasa?

Estaba claro que las cosas habían cambiado entre nosotros. Me estaba permitiendo a mí mismo decirle cosas que en el instituto me hubieran conducido directo a la página de necrológicas. Y Miller ni siquiera *simulaba* que le importase.

Así que seguí.

—Parece como si no quisieras haber venido a Londres —le dije.

—Muy listo, Sherlock. —Y subió el volumen de la tele.

—Vale, como quieras —repliqué—. Hasta mañana.

Estaba a medio camino de mi dormitorio-en-el-baño cuando se me ocurrió otra idea. Una buena. Y bastante loca, estilo Leo el Callado. Era el momento de probar algo nuevo.

Paré y me di la vuelta. Fui hacia la cómoda, sobre la que Miller tenía una pila inacabable de *snacks*. Empecé a meter bolsas de patatas y latas de refrescos en mi mochila.

Sentí como si me estuviera jugando la vida... porque justo se trataba de eso. Pero conseguí que Miller saliera de esa especie de trance que lo tenía tumbado en la cama como un zombi: en cuanto me vio ir a por su comida, se levantó con la velocidad y potencia de un misil enemigo.

—¿Qué te crees que estás haciendo? —ladró—. ¿Te has vuelto loco?

—Sí —contesté, mirándolo a los ojos mientras me guardaba otra bolsa de *crisps* Walkers—. Bueno, un poco.

Estoy seguro de que llegó a cerrar el puño para hacerme atravesar la pared de una torta, pero no lo vi: mantuve mis ojos fijos en los suyos. Era un momento decisivo, a vida o muerte (seguramente muerte).

—Venga —le dije, intentando sonar al menos un poco como si mis calzoncillos no estuviesen corriendo un peligro inminente—, vamos otra vez a la terraza... pero esta vez con suministros.

CAPÍTULO 39

OPERACIÓN PASITO A PASITO

Te lo creas o no, funcionó. Creo que a Miller le había gustado mucho nuestra primera misión en la terraza. La verdad, yo contaba con eso.

En cuanto fue la hora del toque de queda, esperamos a que el segurata no estuviera y salimos. Esta segunda vez ni siquiera fue tan difícil. Llegamos a la azotea en un decir *stealth mode*. Ni siquiera había cinta adhesiva en las puertas; supongo que el hombre ya confiaba en nosotros. O eso o era un manta de cuidado.

Esta vez le sacamos la funda a una de las mesas de restaurante y abrimos un par de sillas plegables en mitad de la terraza. Nos sentamos, dejé encima el montón de guarrerías de Miller y nos relajamos. Hasta me dejó comer un poco. La verdad, fue alucinante.

Había llegado la hora de la segunda parte de mi plan. Si tuviera que ponerle nombre, lo llamaría Operación Pasito a Pasito.

—Eh, Miller, antes no quería meterme en tus asuntos —le dije.

Él se acabó su refresco de naranja de un trago y abrió una Coca.

—Da igual —dijo.

—Es que parece que no te estés divirtiendo nada. Yo tampoco tengo aquí a ninguno de mis amigos, ya lo pillo.

—No, no lo pillas. —Parecía a punto de volver a ponerse depre, así que no dije nada. Bebí mi Coca caliente y miré las luces de la ciudad.

Y entonces, después de un largo rato, Miller volvió a hablar.

—Es mi hermana pequeña —dijo.

No sabía a qué se refería, pero sentí que algo había cambiado. Quizás algo importante. Me recordó a cuando ves esos grandes trozos que se sueltan de un iceberg gigante, que a la vez maravillan y dan miedo.

—¿Qué le pasa? —pregunté.

—Tiene que ir a una clínica en Phoenix.

—¿Para qué?

Contestó con un nombre que yo no había oído

nunca. Creo que fue la palabra más complicada que Miller había dicho en su vida.

—¿Eso quiere decir que está enferma? —volví a preguntar. Miller solo se encogió de hombros, pero creo que quería decir que sí.

Me dieron ganas de contarle lo de Leo, que yo también tuve un hermano enfermo. Pero decidí pensarlo un segundo: Leo acabó muriéndose, así que quizás no fuese tan buena idea mencionarlo. Aunque hubiera pasado hacía mucho. En vez de eso, dije:

—Seguro que se pone bien. Esa clínica tiene que ser muy buena, o tus padres no la llevarían tan lejos.

—Sí —dijo él por toda respuesta.

La verdad, seguía sin lamentar que Miller se fuera a Phoenix. Pero ahora me alegraba un poquito menos.

No dijo nada más, y vi muy claro que la conversación había acabado. Pero yo no. Saqué de mi mochila la hoja de tareas para el día siguiente, cogí un lápiz y taché el nombre de Miller.

—¿Qué haces? —preguntó.

—Te quito de la lista de tareas para mañana. Supongo que te da igual, pero parece que te vendrá bien un día libre.

En la oscuridad solo oí que Miller tragaba saliva fuerte. Eso me hizo sentir de lo más raro por los dos. O igual solo era que tenía una patata gigante en la boca, yo qué sabía.

—Eh, Rafe —dijo.

—¿Sí?

—Gracias. Te debo una.

—No te preocupes.

Y hasta lo pensaba de verdad. Se suponía que tenía que ser amistoso con la gente, ¿no? Hasta con Dryden Miller.

En ese momento, *especialmente* con Miller.

CAPÍTULO 40

DÍA CUATRO EN LONDRES

¡Hey, lectores, espectadores, radioyentes y fans! Bienvenidos al Día Cuatro en Londres.

¿¿¿Estáis LISTOS??? Espero que sí, porque ha llegado el momento de jugar al juego preferido de todos...

¡CAMINA Y REVIENTA!

ESTAS SON LAS REGLAS:

1. Sal del hotel en cuanto acabes de desayunar.
2. No te pares donde normalmente espera el autocar: hoy no vas a necesitarlo.
3. En la agenda de hoy tenemos la National Portrait Gallery, el cambio de la guardia en el palacio de Buckingham, Hyde Park, las Casas del Parlamento y todo lo demás que haya por en medio. Kilómetros: ¡demasiados como para contarlos!
4. ¡Todos los que lleguen vivos al final del día GANAN!
5. **Puntos extra** si acabas sin llagas, cojear, caerte al suelo reventado o quejarte.
6. Una pista: Nadie gana puntos extra.
7. Obligatorio zapatos cómodos.
8. Oxígeno no incluido.
9. ¿PREPARADOS? ¿LISTOS? ¡¡¡A CAMINAR!!!

HYDE PARK PLACE
PARK STREET
THE LONG WATER
W. CARRIAGE DRIVE
THE SERPENTINE
Hyde Park

COVENT GARDEN
STRAND
National Portrait GALLERY
TÁMESIS
BIG BEN
PALL MALL
CCADILLY
BUCKINGHAM PALACE
THE MALL
REEN PARK
10 DOWNING STREET
ST. JAMES PARK
NSTITUTION HILL
BIRDCAGE WALK
Casas del Parlamento
VICTORIA ST.

CAPÍTULO 41

LÍO SUBTERRÁNEO

Para cuando salimos de la National Portrait Gallery, todos estábamos hechos polvo. Yo había grabado unos cuantos vídeos geniales y otros, ejem, menos geniales.

También me había gastado casi todo el dinero que me quedaba en regalos para mamá, la abuela y hasta Georgia, además de en la barra de chocolate Cadbury más grande que había visto en mi vida (esa era para mí).

Pero lo mejor aún estaba por llegar. Nuestra última parada de la tarde iba a ser el Museo de Cera de Madame Fifi. E íbamos a ir en metro, y después volver al hotel en autocar. Si hubiésemos tenido que ir caminando, todos volveríamos a casa con muletas.

Yo había vivido antes en una ciudad, pero nunca

había ido en metro. En Londres lo llaman *The tube*. «El tubo» me parece un nombre genial, porque es como un laberinto subterráneo que va a todas partes.

Cuando nos subimos al vagón no me peleé con nadie para coger asiento. Seguía intentando hacer cosas buenas y ser amable, así que me agarré a una de las barras e intenté no apoyarme en las ampollas de mis pies.

Cuando ya casi habíamos llegado al Madame Fifi, Jared vino hacia donde estaba yo. No sabía qué quería, pero intuía que no iba a pedirme salir en mi próxima peli.

—¿Qué pasa, Rafe? —dijo con esa inquietante sonrisa suya.

—Nada —respondí, porque él no lo había preguntado de verdad.

—Tú y Jeanne habéis hecho un montón de cosas para el trabajo, ¿verdad?

—Sí. Ha sido bastante genial.

—¿«Bastante genial»? No es tu novia. Lo sabes, ¿verdad?

Esa tampoco era una pregunta de verdad, pero ya me imaginaba adónde quería ir a parar.

—No te preocupes, Jared —le dije—. No es eso...

—Oh, no estoy nada preocupado —replicó él—. Solo

digo que ya te han dado la ayuda que necesitabas, y ahora puedes dejar de babear con *mi* novia y dejarla en paz, ¿vale?

Jeanne estaba casi en la otra punta del vagón, pero nos miraba curiosa, como pensando «¿En qué andarán esos dos?».

Jared le sonrió y la saludó con la mano. Esa sonrisa suya daba más y más yuyu.

Esta vez ni siquiera le contesté. Estábamos llegando a nuestra parada, en la estación de Waterloo. Además, me pareció empezar a entender a qué venían todas esas preguntas y sonrisas falsas, aunque no estaba seguro.

DATO: Jared era más alto que yo, más guapo que yo y mucho mejor en todo que yo.

DATO: No tenía ninguna razón para estar celoso de mí, pero desde luego que lo parecía.

TEORÍA: Jared SÍ que estaba celoso.

CONCLUSIÓN: El mundo está totalmente loco.

CAPÍTULO 42

BIENVENIDO A CASA DE MADAME FIFI, MUÑECO

Ya había visto un folleto del museo de Madame Fifi en el hotel. Molaba que estuviese lleno de muñecos de cera (¡Donald Trump!, ¡Darth Vader!, ¡Beyoncé!), y el sótano parecía aún más interesante.

Allá abajo estaba el Templo del Terror de Madame Fifi, con todas las cosas de miedo. O sea, las cosas buenas. ¿Dónde más iba a poder ver decapitaciones, tíos atravesados como pinchos morunos, gente siendo torturada y tienda de regalos? ¡Iba a ser como estar en una peli de terror en directo, con chocolatinas carísimas al final!

El vídeo de esta visita casi iba a grabarse solo.

Esta vez nuestra guía fue una tal señorita Evelyn (lo pronunció *Evelynnnnnn*). Llevaba un traje largo y

un turbante, como si fuera una muy muy vieja estrella del cine mudo que hacía una pausa tras cada... palabra... que... decía.

—Bienvenidos... bienvenidos... bienvenidos —nos dijo. Tardó una hora en decirlo; en ese momento me di cuenta de que la cosa iba para largo.

Empezó por llevarnos por la exposición de la planta baja. Además de estrellas del cine y del deporte, también había otros muñecos de personajes históricos. Por supuesto, Evelyn nos tuvo que contar detalles de cada uno de ellos.

Al menos hice buenos vídeos. Vimos a todos los personajes, desde Prince (el músico) al príncipe de Gales, de Napoleón a Elton John (¡eh, eso rima!). Cuando Stricker estaba distraída, Jeanne me indicaba con la mirada las partes en las que valía la pena que me concentrara.

Jared también me dedicaba miraditas cuando Jeanne no lo veía. Intenté ignorarlo, y me aseguré de no estar demasiado cerca ni de él ni de ella.

Al mismo tiempo, Evelyn caminaba como si flotara y hablaba y hablaba y hablaba, mientras todos nos íbamos poniendo impacientes como niños en la mañana de Reyes. O no vio que la peña pasaba de todo o no le importó.

O quizás ya contaba con eso: igual sabía que tanta sonrisita y tanta tontería se cortarían de repente en cuando fuéramos al sótano.

Si eso era lo que pensaba, tuvo toda la razón.

Cuando por fin llegamos a la puerta principal del Templo del Terror, Evelyn se quedó inmóvil. Como un cadáver.

Entonces nos miró a todos, uno por uno, y abrió los ojos exageradamente. Daba miedo.

—Espero que estéis... *preparados* —dijo.

«¡Sí!», contestamos todos a la vez, expectantes. A

mí no me salió ningún gallo, cosa que fue como un pequeño regalo de mí para mí mismo (¡gracias, mí!).

—Muy bien —dijo ella, y abrió una gran puerta tras la que había unas pronunciadas escaleras que bajaban y se perdían en la oscuridad.

Pero, antes de llevarnos allí, volvió a detenerse y darse la vuelta.

—¿Hay alguien en el grupo con... problemas de corazón? —preguntó.

—¡No! —contestamos casi todos.

—Perfecto —añadió ella—. Después no digáis que no os *avisé*.

¡Vaya número que estaba montando! Pero le funcionó perfectamente; a mí ya me había inquietado un poquito. Bueno, igual más que un poquito.

Parecía que a los demás les pasaba lo mismo, porque después de eso todo el grupo se quedó en silencio y estaban como en tensión. Miré a Miller; no parecía tener muchas ganas de estar allí. Pero eso podía significar cualquier cosa.

—¿Tienes miedo? —le pregunté.

—Cierra el pico —fue su respuesta.

Ya lo ves: nos habíamos hecho amigos íntimos.

Apunté la cámara delante de mí y seguí avanzando. ¿Sabes esas escenas de pelis en que la cámara es como un personaje más, en las que lo único que ves es lo que ve el personaje, y como mucho lo oyes respirar?

Eso es lo que buscaba yo: dar la sensación a quien mirara el vídeo de que era un visitante más y que viese lo mismo que nosotros.

Así que vamos, pasa por aquí… si te atreves.

¡¡Último aviso!!
¡Sigue por tu cuenta y riesgo!
Si sufres de: enfermedades del corazón, palpitaciones, crisis nerviosas, poco aliento, timidez extrema, claustrofobia, aracnofobia, hemofobia, agrizoofobia, hipnofobia, entomofobia, germofobia, hadefobia, cacofobia, bacilofobia, neofobia, ornitofobia, xirofobia,
NO ENTRES EN
EL TEMPLO DEL TERROR

CAPÍTULO 43

¡GLUPS!

El sótano estaba mucho más oscuro y lleno de humo. Solo veía una leve luz amarillenta entrecortada y oía unos gritos agudos.

Estaba seguro *al ochenta y siete por ciento* de que no eran más que antorchas falsas, una máquina de niebla y una grabación. Pero ¿sabes cuando estás en la cama por la noche y estás seguro *al ochenta y siete por ciento* de que no hay ningún loco al otro lado de la ventana con una sierra mecánica y una máscara hecha con la piel de sus víctimas? Pues eso.

«Mola», dijo alguien mientras pasamos por una larga hilera de cabezas en tarros de cristal. Les dediqué un vídeo, claro.

Cuanto más nos adentrábamos, más estrecho era el pasillo. Había muñecos de gente siendo ejecutada y muñecos de gente ya muerta. Y verdugos, asesinos famosos y muchos otros a los que no querrías conocer.

Para mí, lo más terrorífico era que todo eso no estaba sacado de pelis. Eran cosas que habían pasado de verdad, en la vida real. Y algunos de los muñecos parecían seguirte con la mirada.

Por ejemplo, estaba Vlad el Empalador: su nombre ya lo dice todo.

Y Jack el Destripador, que había aterrorizado a Londres en la época victoriana y por suerte ya no estaba para matarnos a todos.

Y Madame Elizabeth Bathory. Adivina en qué le gustaba bañarse. Pista: no era en agua caliente y perfumada y con burbujas. Pista más clara: ¡era en SANGRE! También saqué un gran vídeo de esto, con todo detalle, hasta las toallas ligeramente rosadas.

—¡Esto… es… *alucinante*! —dijo Jeanne, mirando por encima de mi hombro e imitando la voz susurrante de Evelyn.

—Me… encantan… los *cadáveres* —contesté también en un susurro, y nos partimos de risa. Íbamos a tener que cortar esa parte del vídeo, pero qué más daba.

—¿Crees que estamos consiguiendo todo lo que necesitamos? —me preguntó Jeanne.

—Creo que sí. Pero la batería del móvil se me está quedando a cero.

—Ten. Vuelve a usar el mío.

—Hum, no sé…

—¿Y por qué no? —Me lo dio. No supe decirle que no, así que lo cogí…

… justo antes de darme la vuelta y ver el muñeco más terrorífico de todos.

Quizás fuera por la luz simulada de las antorchas, pero lo juro: Jared parecía totalmente uno de esos asesinos de cera, y no precisamente por el tono de su piel.

—Eh, Jeanne —dijo, aunque me miraba a mí—. Ven aquí, quiero mostrarte una cosa.

—Vale —contestó ella—. Nos vemos después, Rafe.

—Muy bien.

Pero oí una parte de lo que dijeron antes de irse:

«¿Para qué necesita tu móvil?», le preguntó Jared.

«Se ha quedado sin batería.»

«Sí, seguro.»

«¿Qué quieres decir con eso?»

No oí nada más. Volví a concentrarme en los muertos, asesinos y frikis del sótano.

Al menos los frikis que no eran Jared, claro.

CAPÍTULO 44

Y ENTONCES...

Acabamos todos agotados de pasar tanto miedo. Yo había conseguido un montón de material fantástico, hasta que también gasté la batería del móvil de Jeanne y se lo devolví.

—Gracias, gracias. Esta es nuestra última visita del día —dijo Evelyn. Noté que ahora hablaba mucho más rápido—. Por favor, id hacia la salida. Gracias, gracias...

—Perdone, señora —le pregunté—, ¿tiene un lavabo que pueda usar?

—Abajo a la izquierda, cariño. Pasada la cámara principal de tortura.

Fuera nos esperaba un autocar. La gente aún estaba poniéndose en fila, así que bajé corriendo y volví a la oscuridad. Intentaba ignorar la sensación de que alguien me observaba, pero no era fácil. Al menos, no con todos esos ojos de cristal por todas partes.

Vi una puerta marcada BRUJAS y otra MAGOS. Abrí la segunda. Fue un alivio encender una luz de verdad.

Tenía la cremallera medio bajada cuando oí un fuerte *clic* detrás de mí, y después un *bump* y un ruido como si arrastraran algo por fuera de la puerta del lavabo.

—¿Qué ha sido eso? —dije, aunque estaba solo. A menos que tengas en cuenta a Leo el Callado, cosa que yo hice enseguida.

Aunque aún no había hecho lo que había ido a hacer, volví atrás e intenté abrir la puerta.

Intenté. ¿Lo pillas? Es importante.

Alguien —o el fantasma de algún psicópata de hacía siglos— me había encerrado en el baño.

Estaba atrapado.

Al lado de las cámaras de tortura en las que posaban docenas de horripilantes asesinos y víctimas de cera.

Sí. En serio.

¡Glups!

CAPÍTULO 45

¡¡¡SOCORROOOOOOOOO!!!

Ay la leche.

Ay la leche.

Ayyyyyy la leche.

Vale. Pensarás que esta es la parte más alucinante de todas, pero antes que nada me dediqué un momento a hacer mis necesidades. La única otra opción era mojarme los pantalones. ¿Te imaginas si hubiese vuelto al autocar con una mancha oscura en la bragueta?

De eso nada. Ni soñarlo, pensé. *Que se me lleve el fantasma de Vlad el Empalador si quiere.*

Así que lo hice lo más rápido que puede y después volví a golpear la puerta del lavabo.

Ay la leche.

Ay la leche.

Ayyyyyy la leche.

—Leo, ¿qué hago? —dije. Estaba empezando a tener un ataque de pánico de cuidado. Ya te he contado que tengo una imaginación muy «activa», ¿verdad? Eso está bien la mayor parte del tiempo, pero a veces va en mi contra.

Por un segundo pensé en sacar el móvil y llamar a alguien. Pero entonces recordé que no podía.

—La abuela Dotty tiene que comprarse un teléfono nuevo —dijo Leo—. Ese debe tener por lo menos seis años.

—¿Y tú estás pensando *en eso*? —le recriminé—. ¡Tenemos que encontrar la forma de salir de aquí!

—Solo digo que si se te ha muerto el móvil...

—¡NO DIGAS *MUERTO*!

No sé cuánto tiempo estuve así. ¿Una vida entera? ¿Dos minutos? ¿Un punto medio?

Entonces algo sonó al otro lado de la puerta y me hizo pegar un salto. Cuando esta empezó a abrirse puede que también gritara. ¿Iban a salvarme o iba a encontrarme con mi *desgarrador* final?

Vale, igual estaba siendo un poco dramático. Pero prueba alguna vez a quedarte encerrado en un lavabo del Templo del Terror, y ya verás como tu mente también te juega malas pasadas.

Ni siquiera cuando vi al guarda de seguridad que me miraba me tranquilicé del todo.

—¿Qué demonios...? —dijo. Tenía una silla en una mano y agarraba el pomo de la puerta con la otra—. Me parece que te han hecho una jugarreta, jovencito, y no muy divertida.

—¿Sigue estando el autocar? —grité.

—Lo siento, no lo sé. Solo he venido a cerrar por hoy.

—*¿Qué?* ¿Qué hora es?

Miró su reloj.

—Las cinco menos diez.

Solo llevaba un par de minutos allí dentro. Genial, pero no tenía tiempo que perder.

—*¡Graciasporabrirme!* —exclamé, y subí las escaleras corriendo.

Cuando llegué, el vestíbulo estaba vacío y las luces apagadas. No había rastro de Evelyn ni de nadie. Quizás estuviesen esperándome fuera. Abrí la puerta principal, corrí a la calle y…

Ni autocar, ni Stricker, ni nada.

Solo yo.

Perdido en Londres.

CAPÍTULO 46

¡(AQUÍ) NO!

V*ale*, pensé. *Que no cunda el pánico.*

En serio. Nada de pánico, pensé.

No funcionó. Había entrado en pánico total.

La puerta del museo se había cerrado detrás de mí, y cuando llamé no contestó nadie. Me había quedado solo *en algún lugar* en mitad de Londres.

¿Llevaba dinero en el bolsillo? No.

¿Llevaba un móvil que funcionase? No.

¿Sabía dónde estaba el hotel? No.

Y aunque nada de eso fuese culpa mía, algo me decía que a Stricker ese detalle no iba a importarle. De hecho, eso era exactamente lo que me había dicho justo después del desastre de las Joyas de la Corona.

—No te preocupes —me dijo Leo—. Está todo controlado.

—¿Qué hago? —le pregunté.

—¿Volvemos al río? —propuso. Acababa de ver un cartel que señalaba el camino, y era tan buen lugar como cualquier otro. Al menos ya había estado antes allí.

Seguí las indicaciones en la calle.

A medida que caminaba entendía cada vez más lo que había pasado. En primer lugar, *alguien* me había encerrado en el lavabo. Y me apostaba lo que fuera a que su nombre empezaba por M o por J.

De *Miller*. O *Jared*.

Fuese como fuese, esa era solo la mitad de la historia. Estaba casi seguro de que la otra mitad había sido algo así:

Stricker había pensado que yo estaba en el grupo, el autocar se había puesto en marcha y nadie había notado que no estaba.

Lo único era que la cosa no acababa de convencerme. A ver, sabía que Jared me odiaba. Pero me había parecido que con Miller nos estaba yendo bien. Hasta me había dicho que me debía una.

En fin, ahora no podía preocuparme por eso. Tenía que concentrarme.

Me puse en modo supervivencia.

Mi única posibilidad era encontrar alguna forma de volver, y mejor si era más rápida que el autocar.

Entonces podría esperar a la puerta del hotel a que aparecieran. Sí, exacto: me mantendría fuera de la vista, igual me escondía detrás de una gran planta, y cuando todos bajaran del autocar me metería en la cola...

Ah, alto: esa es otra película. En fin...

Lo que necesitaba era que me llevaran. Un autobús me saldría barato si supiera cuál coger. Pero no lo sabía.

Un taxi también serviría. Pero la pregunta era cuánto iba a costarme. Porque en los bolsillos llevaba exactamente cero libras con cero peniques.

Vale, ¿cuánto podía tardar en conseguir el dinero? ¿Y podía hacerlo de la forma que se me estaba ocurriendo?

—Pues claro que puedes —dijo Leo.

Quizás, pensé yo.

Solo había una forma de saberlo.

Cuando llegué a la orilla había un montón de gente. No eran fantasmas, caníbales o asesinos de cera: solo turistas normales, músicos callejeros, etcétera. Perfecto.

Encontré un lugar vacío donde podía sentarme en un banco. Abrí la mochila y saqué el cuaderno y un rotulador.

Respiré hondo. Podía hacerlo, aunque estaba de lo más nervioso ante la idea.

—Tú hazlo —dijo Leo—. Será genial.

—A ti te es fácil decirlo. Yo soy el que va a pasarse el resto de la vida en el instituto.

—No estás ayudando. Puedes hacerlo, Khatchadorian. ¡Ponte YA!

Dibujé una caricatura de la primera persona que se me ocurrió. Jeanne Salletta. La tenía fresca en la memoria, y era mejor que anunciarme con un dibujo de Vlad el Empalador.

Cuando acabé, escribí RETRATOS, 3 LIBRAS.

¿Era un precio adecuado? No tenía ni idea. ¿Sería suficiente para pagar un taxi de vuelta al hotel? Confiaba que sí.

Cuando pasó la siguiente ola de turistas volví a respirar hondo, levanté la hoja y dije alto y claro:

—¿Alguien quiere que le dibuje su retrato?

Acababa de abrir oficialmente mi nuevo negocio.

CAPÍTULO 47

CON UN SEIS Y UN CUATRO

Lo alucinante es que la cosa funcionó.

No enseguida, pero después de preguntar a unas veinte personas si querían que les dibujara una caricatura, alguien dijo que sí.

Y después otro. Aunque seguía nervioso por lo que pudiera pasar con Stricker, me fui metiendo en mi nuevo papel. No digo que fuese como para que colgaran mi obra en la National Portrait Gallery, pero sí fue la primera vez que me pagaron por dibujar.

Cuando llevaba un par de retratos por tres libras le dije a la siguiente señora que eran cinco, y ni parpadeó. Me preguntó si podía dibujarla a ella y a su hija al lado del Big Ben; le dije que ningún problema. Hasta acabó pagándome el doble porque eran dos. ¡Diez libras!

—Aquí tienes —me dijo mientras me daba el dinero—. Mi hija dice que eres muy atractivo, con ese cuaderno y esos ojos tan bonitos.

—*¡Mamá!* —exclamó la chica. Parecía tan avergonzada como yo, aunque para ella era «avergonzada mal» y para mí un poquito «avergonzado bien», no sé si me explico.

El caso es que me puse colorado y empecé a guardar mis cosas. Había llegado el momento de largarme.

Aún no lo sabía, pero aquella había sido la parte fácil. Ahora tenía que encontrar un taxi, conseguir pararlo, esperar que el conductor supiera dónde estaba el hotel, rogar tener el suficiente dinero como para llegar…

Y *después* enfrentarme a la parte complicada de verdad.

También conocida como directora Ida P. Stricker.

CAPÍTULO 48

HOTEL, DULCE HOTEL

Cuando el taxi paró frente al hotel (catorce libras y treinta y cinco peniques; le dije que se quedase el cambio), yo estaba hecho polvo. Aquel día debía de haber caminado treinta kilómetros.

Además, no sabía lo que me esperaba.

Entré. El vestíbulo estaba casi repleto. Vi un par de policías y personal del hotel. Stricker hablaba por teléfono. Donatello fue la primera en verme.

—¡Ahí está! —dijo.

Fue como si me hubiese convertido en un imán de personas: todo el mundo corrió hacia mí.

Vale, igual no había cámaras ni periodistas, pero, por la forma en que todo el mundo empezó a preguntarme cosas, fue como si los hubiera.

—¿Estás bien, chico?

—¿Qué ha pasado?

—¿Cómo has conseguido volver?

—¿¡DÓNDE... DIABLOS... ESTABAS!?

Esta última fue Stricker, por si no lo habías adivinado. Estaba al frente de la jauría, y ahí fue cuando supe que todo había acabado para mí: iba a sacar el mayor suspenso de mi vida.

Pero entonces, igual de rápido, se me ocurrió otra cosa. Y me di cuenta de que el asunto no tenía por qué ir así.

Así que contesté las preguntas con otra pregunta.

—¿Qué ha pasado? —pregunté, intentando sonar lo más asustado posible, cosa que no me resultó difícil después de todo lo sucedido.

—¡Eso es lo que te he preguntado yo a ti! —respondió Stricker.

—Pues... —Miré a mi alrededor; todos me observaban a mí. Me tomé mi tiempo—. Un minuto estaba en el lavabo y al siguiente no había nadie. ¡Os olvidasteis de mí!

No iba a decir nada de Miller o Jared. Lo que quería era facilitarme las cosas, no complicármelas.

—¡Pero contestaste cuando pasé lista! —dijo Stricker—. ¡Mira, lo marqué! —Levantó la lista para que viera que había tachado mi nombre.

—Sí, bueno, eso es imposible —dijo Donatello en voz alta—. No estaba en el autocar.

Y todo el mundo pasó de mirarme a mí a mirar a Stricker.

—Pero… pero… bueno… —tartamudeó ella—. Rafe, lo… lo… sss…

Ahora parecía que fuese a vomitar.

—Lo si… si… siento —siguió—. Tienes que haber sido… muy… valiente.

Respiré hondo y solté el aire. Me sentía aliviado, pero no por la razón que creían.

—Solo me alegro de estar de vuelta y a salvo —dije, y miré al suelo—. Pasé bastante miedo cuando me di cuenta de que estaba solo en esta ciudad tan grande.

¿Qué puedo decir? Intenté sacarle todo el provecho que pude a la situación. Ya sé que eso no me hace ser una gran persona precisamente, pero tampoco me sentí muy culpable. Ya sabes eso que dicen de que las situaciones desesperadas requieren medidas desesperadas, ¿verdad?

Y, además, Stricker me había dejado atrás. Y nada había sido culpa mía. Eso era cierto.

Así que no me corté.

CAPÍTULO 49

UNA NOCHE EN LA CIUDAD (DE ESO NADA)

Tuve problemas con Stricker igualmente. Aunque ella no lo llamara así.

En cuanto se calmó todo vino a hablar conmigo de nuevo. Empezó diciendo:

—Creo que sería mejor si...

Vale, tiempo muerto. Cuando un adulto dice eso, como mucho hay un cincuenta por ciento de posibilidades de que «sea mejor» para ti. Eso lo sabemos todos, ¿no? La otra mitad de las veces es lo mejor, sí, pero *para ellos*.

Supongo que esa fue la razón por la que aquella noche hicieron que me quedara. Mientras todos los demás salieron a ver un musical en el National Theatre, yo cené con el señor Chin en el hotel para poder «descansar».

En realidad, fue como si me hubiese castigado a quedarme después de clase, pero en el hotel.

La parte mala fue que me perdí lo que pasó aquella noche, y todo por culpa de Miller. O de Jared. También tuve que escuchar al padre de Andrea Chin explicarnos hasta el último detalle de su trabajo en el departamento de recursos humanos de un bufete de abogados.

Lo bueno fue que, en fin, sí que descansé mucho.

CAPÍTULO 50

ALUCINO PEPINOS

Todos volvieron más tarde de la hora del toque de queda. Yo ya estaba en mi habitación, viendo una competición de dardos en la tele, cuando entró Miller. Parecía un poco más animado.

—Tío, todo el mundo hablaba de ti —dijo.

—Ya. Seguro.

No quería pelearme, pero estaba bastante cabreado. Si de verdad había sido Miller el culpable de todo, eso estaba muy muy mal.

Pero enseguida supe que no era así.

—Jeanne hizo que Jared le contara a Stricker lo que te había hecho —dijo Miller.

—Ah, ¿sí?

—Sí. Estás limpio.

—Ah, ¿sí? —repetí.

—Sí —contestó, y me miró como diciendo «pues claro, alelado»—. Fue una buena broma, pero era evidente que no la iban a dejar pasar.

—Uau. —Eso significaba que el que tenía líos ahora era Jared. Y yo ni siquiera había tenido que chivarme de nada. Pero Miller aún no había acabado, ni mucho menos.

—¿Y quieres saber lo más divertido? —dijo—. Primero Jeanne hizo confesar a Jared, y después rompió con él.

—¿Que qué?

—Que rompió con él. Así de repente.

Y yo pensé…

En otras palabras: lo único que podía pasar que me mejorase el día acababa de pasar.

Jeanne había dejado a Jared.

Jared me había encerrado en el lavabo.

No había sido Miller.

—Pero… un momento —dije—. Entonces, cuando Stricker pasó lista…

Se encogió de hombros.

—Sí, eso fue cosa mía. La costumbre, ¿sabes?

—Vale, pero entonces ¿por qué no dijiste nada?

—Pensaba que estabas sentado en otra parte. Fui el último en darme cuenta de lo que pasaba.

—¡Pero, tío...!

—¡No soy tu niñera, pringado!

Parecía el final del día más largo de la Historia. Solo quería dejar de hablar, meterme en la cama y pensar en qué significaba todo aquello antes de que mi cerebro se volviese carne picada.

Aunque antes tenía que hacer otra cosa más.

—Eh, Miller —le dije.

Él ya no prestaba atención. Se había puesto a devorar una bolsa de patatas y ver los dardos en la tele como si fuera lo más apasionante del mundo (no lo es).

Pero yo seguí igualmente.

—Hoy voy a dormir aquí —le dije, señalando la otra cama—. Estoy un poco harto de la bañera.

—Tú mismo —contestó él, escupiendo migas de patatas con sal y vinagre por el suelo—. Pero el mando me lo quedo yo, y apagamos la luz cuando yo lo diga.

—Vale, vale.

Eso podía soportarlo. Ningún problema.

CAPÍTULO 51

SE FUERZA LA MÁQUINA

La mañana siguiente empezó como si fuera Navidad. Era nuestro último día en Londres, y cuando subí al autocar Jared no estaba.

Me parece que se habían tomado su broma muy en serio. Oí que la gente decía que lo habían castigado en el hotel todo el día. No solo eso, sino que Stricker se había quedado con él.

¡Feliz Navidad para mí!

Aunque no podía dejar de pensar en Jeanne. Íbamos a visitar un instituto inglés, y yo no dejaba de darle vueltas a cómo hablar con ella durante el trayecto.

Pero era inútil: desde que había roto con Jared, sus amigas se pegaban a ella como si fueran sus guardaespaldas. Imposible pasar el perímetro defensivo.

Nunca he ido sobrado de autoconfianza, pero no dejaba de preguntarme si Jeanne pensaría en mí ni que fuera un poquito.

Lo sé, lo sé: era una locura, un desperdicio de espacio cerebral que podría dedicar a las mates o a algo útil. Entonces, ¿por qué lo pensaba?

Supongo que porque no podía evitarlo. Era como un enorme juego de tira y afloja, adelante y atrás, adelante y atrás, dentro de mi cabeza.

Para cuando llegamos a la escuela estaba en empate total. Seguía sin tener ni la menor idea de qué hacer.

Lo que de verdad necesitaba era otra de esas señales. Esta vez podía ser una valla publicitaria, algo que me indicara qué decir y cuándo decirlo.

Mientras, el día acababa de empezar y mi cerebro ya estaba como para echar una siesta.

No iba a poder seguir así mucho más. Pronto iba a tener que pasar algo.

Aunque aún no lo sabía, fue justo así: algo pasó.

Y más pronto de lo que creía.

¿Me quiere (EN ESE SENTIDO)?
Jared estaba celoso.
Jeanne y yo somos socios en secreto. ¡Mola!
Leo tiene razón. He de decirle lo que siento.
¡Eh, creo que me ha mirado!

¡CLARO QUE NO, IDIOTA!
¿Y qué?
¡Eso es para el curro, bobo!
¡Mira cómo todos se ríen de ti!
¡Tú lo flipas!

CAPÍTULO 52

LO MISMO PERO DIFERENTE

Entramos en la Escuela Secundaria de Bealing Bright.

—Por favor, dirigíos al grupo de acogida y conoceos un poco entre vosotros mientras empezamos nuestra jornada juntos —se enrolló un tío inglés—. Tenemos preparada una divertida mañana para todos.

Lo primero que hicieron fue dividirnos en grupos más pequeños y mostrarnos todo el instituto.

Esa parte no me mató, la verdad: aquella semana ya habíamos hecho mil visitas; no me quedaban ganas de otra más. Y Jeanne no estaba en mi grupo.

Después, cada uno de nosotros tuvo que charlar con uno de los alumnos. A mí me tocó uno que se llamaba Abdullah, y tenía que seguirlo para ver cómo era un día «típico» para él.

Al principio moló; estuvimos junto a las taquillas y me presentó a algunos de sus amigos. También aprendí unas cuantas palabras nuevas, o nuevas formas de usar otras que ya conocía, como *brilliant*, *wally* y *quid* (que en Inglaterra se usan para decir «buena idea», «tonto» y «dinero»)... y otras que no sé si puedo mencionar aquí.

Pregunta: ¿las palabrotas inglesas lo siguen siendo si las usas en Estados Unidos? No estoy seguro, y no quiero arriesgarme.

Después fui a las clases de Abdullah con él, empezando por la de Historia. El profe se pasó un buen rato hablando de las causas y consecuencias de la Revolución Industrial y... zzzzzzzzzzzzzz.

¿Lo ves? Ni siquiera puedo contarte esa parte sin quedarme dormido. La mayor lección que saqué de todo eso fue que la Secundaria en Inglaterra es tan aburrida como en América.

Entonces, justo antes de comer, algunos de nosotros pudimos salir fuera un rato.

—¿Qué decís, chicos? —nos preguntó Abdullah—. ¿Os apetece un poco de fútbol?

—¡Sí! —exclamó Miller.

—Sabes que se refieren al que se juega con los pies, ¿verdad?

—Ah... Bueno, entonces da igual.

Pero acabó jugando.

No soy precisamente un futbolista de nivel mundial. Ni siquiera doy el nivel mínimo para Hills Village. Pero fue bastante amistoso. Al menos no nos hicieron eso de que los dos equipos nos fueran eligiendo uno a uno. Eso fue un detalle.

Hicieron que Miller fuese portero de mi equipo, supongo que porque ocupaba más espacio de portería que nadie. Parecía muy dispuesto a enfrentarse a cualquiera que le atacase, y me pregunté si aún se acordaría de que no era fútbol americano.

A mí me pusieron de defensa izquierdo. Mejor eso que ser delantero. La mayoría de los ingleses jugaban como si hubiesen nacido con un balón de fútbol pegado a los pies.

El problema es que no soy zurdo, así que siempre tenía que ir a buscar la pelota, cambiármela de pie y chutar con la parte exterior de la derecha. Sí, quedaba tan patoso como suena. Creo que fui un mal ejemplo tanto para el fútbol como para América.

Y además estaban jugando otro partido en el campo de al lado. Allí fue donde por fin volví a ver a Jeanne... y ya me fue muy difícil apartar la vista de ella. Podría haberme pasado el día entero mirándola.

Entonces me di cuenta de que alguien gritaba mucho más cerca. De hecho, no gritaba *cerca* de mí: me gritaba *a mí*.

—¡DESPIERTA, KHATCHADORIAN!

Era Miller. Al mirar alrededor vi por qué. Los delanteros del otro equipo se acercaban. Habían superado a los centrocampistas, y los defensas éramos la única línea de... eso, defensa... que quedaba.

Tenía que haberme concentrado en ese mismo momento, pero no pude evitar dirigir una última mirada al otro campo. Quería ver si Jeanne me miraba.

Esta vez sí que me estaba observando. Directamente. Y me saludó con la mano. ¡Y hasta me sonrió! Eso era bueno, ¿no?

Era muy bueno.

Al menos no pasaba de mí. Simplemente, aquella mañana debía tener otras cosas en la cabeza. Lo entendí perfectamente. Igual eso hasta quería decir que…

—¡KHATCHADORIAN! —volvió a gritar Miller.

Esta vez, al volverme, tenía encima al tío más grande de toda Inglaterra. Y acababa de chutar.

Lo último que vi fue el balón acercándose a toda velocidad a mi cara.

Lo bueno fue que conseguí evitar que la pelota entrara en la portería.

Lo malo fue que la paré con la cara.

Para celebrarlo me caí a plomo y aterricé de morros como 45 kilos de plomo americano.

CAPÍTULO 53

TRATAMIENTO DE URGENCIA

Imagínate que te dan un tortazo en las narices. ¿Ya? Ahora imagínate que tu cabeza fuese una gran nariz.

Eso fue más o menos lo que sentí cuando el balón me dio en la cara.

No me desmayé ni nada. Fue más bien como si alguien hubiese apagado unos segundos la central eléctrica que alimentaba mi cerebro. Todo se volvió borroso, oscuro y borroso de nuevo.

—¿Estás bien? —dijo alguien.

—S-s-sííí —contesté. Seguía boca abajo, oliendo la hierba, y no me *sentía* bien, pero me pareció que era lo correcto que debía decir.

—Paso, chicos. —Oí una voz adulta y después sentí una mano en el brazo—. No te preocupes, hijo. Estás bien.

Reconocí la voz. Era el tío que había hecho todos los anuncios de la mañana, el señor Covington. Era el asistente del maestro principal, que creo que es el equivalente a un subdirector americano.

—¿Puedes darte la vuelta? —me preguntó.

—Creo que sí. —Pero, cuando lo hice, fue como si yo fuera una película de miedo y los demás fuesen el público.

Supongo que el balón debía haber convertido mi nariz en un grifo y tendría la cara como una pizza sin queso. Tenía la camiseta manchada de rojo.

—Ay, Dios —dijo el señor Covington. Me dio un pañuelo de su bolsillo, pero sin decidirse a mirarme a la cara. Creo que no le molaba mucho la sangre—. Llevémoslo dentro, chicos.

Un par de alumnos me ayudaron a ponerme en pie, me acompañaron al despacho de Covington y me sentaron en una silla, con cuidado, con la cabeza hacia atrás.

También estaba Donatello, que se puso a limpiarme mientras Covington estaba muy ocupado en intentar no mirar. Cogió el micro de megafonía e hizo otro anuncio.

—Atención, damas y caballeros. Nuestro paciente americano está bien —dijo—. Confiamos en que se recupere rápidamente y del todo.

Oí que algunos aplaudían en el pasillo, cosa que me moló. De verdad, eran los tíos más amables que había conocido nunca. Empezaba a pensar en quedarme a vivir en Inglaterra e ir a este insti en vez de volver a la ESHV.

—¿Quieres un poco de hielo? —me preguntó Donatello.

—Vale —contesté, aunque sonó *fffale* por tanto papel higiénico como tenía en la nariz.

—La acompaño —dijo Covington—. Y vamos a buscarle otra camiseta a Rafe.

Me pareció muy bien; él estaba empezando a ponerme nervioso. Así que me quedé ahí sentado, mantuve la cabeza hacia atrás y esperé a ver si dejaba de dolerme la cara.

No estuve mucho tiempo solo. Un segundo más tarde oí como la puerta se abría y pensé *Vaya, sí que han sido rápidos*. Pero cuando miré no eran Donatello, Covington, el hielo, una nueva camiseta ni nada de eso.

Se trataba de algo, o mejor alguien, totalmente distinto.

Esta vez era Jeanne.

CAPÍTULO 54

UNAS POCAS (CONCRETAMENTE CUATRO) PALABRAS

¿Puedo pasar? —preguntó Jeanne.

—*Fffale*.

No podría haberle dicho que no a nada que me pidiese, aunque lo hubiera querido. Y no quería. Estaba demasiado ocupado pensando *¡UAU! SI ESTO NO ES UNA SEÑAL, NO SÉ LO QUE ES*.

—¡Rafe, lo siento mucho! —dijo Jeanne—. No debí saludarte así. Me parece que todo esto es culpa mía.

No era *para nada* culpa suya, claro, sino mía. Yo era el que no podía dejar de mirarla. Pero a ver quién iba a admitirlo en voz alta. ¡Era inútil!

—No te *preocupefff* por *efffo* —le dije en tono seductor… de no ser por los tapones para la nariz improvisados con papel higiénico, que no acababan de darme la imagen necesaria como para hablar con la chica de mis sueños. Volví la cabeza un momento a un lado y me los quité, esperando que la nariz hubiese dejado de sangrarme.

—He oído que vas bien —dijo con tono de preocupación.

—Sí, creo que eso lo ha oído todo el mundo —repliqué, y Jeanne se rio, cosa que me hizo reír a mí, pero me hacía doler la nariz, así que paré.

Se sentó en la punta de la mesa. Noté que no quería acercarse demasiado… pero tampoco se iba.

—¿Y tú? —le pregunté—. ¿Qué tal?

—Estoy bien. Supongo que eso quiere decir que has oído lo de Jared y yo.

—Sí. —Me senté recto. La nariz ya no me goteaba sangre. Menos mal, aunque no resultase tan romántico como un beso en plena lluvia o dos jóvenes shakespearianos muriéndose en una cripta—. Hum… hablando de esas cosas… quería comentarte algo bastante importante…

—Ah, ¿sí? ¿Qué?

Ayyy…

¿De verdad iba a decírselo?

Sí. De verdad.

¿De verdad de verdad?

Sí. *De verdad* de verdad.

Respiré fuerte.

—Es solo que… has sido genial con lo del trabajo y todo. Muchas gracias —dije.

—No es nada.

—Pero no es solo eso —seguí—. Es más bien que… quería decirte… Creo que si yo te gustara a ti la mitad de lo que tú me gustas a mí, me quedaría alucinado. En fin, que no podría alucinar más.

—No seas tonto. No te estaría ayudando si no me cayeras bien.

Cómo Hablar Con Las Chicas

Con El Método Rafe Khatchadorian®

CAPÍTULO 1: Yo, yo y yo, el pringado

CAPÍTULO 2: ¿Confuso? Acostúmbrate

CAPÍTULO 3: ¡Sorpresa! Cómo fastidiarlo todo y ni darte cuenta

CAPÍTULO 4: El amor es tener que decir siempre «lo siento»

CAPÍTULO 5: ¿Sabes qué? Quizás tendrías que preguntarle a otro

CAPÍTULO 6: En serio, ¿por qué sigues leyendo esto?

CAPÍTULO 7: Que lo sepas: el resto del libro está en blanco

¡400 PÁGINAS! ¡CÓMPRALO!

—No —contesté—. Quiero decir…

El corazón me latía como un martillo hidráulico, y era como si de repente el respirar se hubiese vuelto el doble de difícil. Pero ahora no podía venirme atrás. Era como estar en una montaña rusa después de que se ponga en marcha, cuando sabes que no puedes pararla de ninguna manera por mucho que quieras… pero eso no evita que sigas muerto de miedo.

Así que seguí.

—Lo que quiero decir es… Creo que, ejem… *te quiero*.

No fue exactamente lo que quería decir. Pero tampoco fue una mentira. Bueno, no creo que lo fuese. La verdad es que no sé exactamente lo que se siente cuando estás enamorado.

Solo sé que cuando abrí mi bocaza esas fueron las palabras que me salieron: «Creo que, ejem... te quiero». Ya no podía desdecirme.

Se hizo el silencio durante dos segundos, aunque parecieron dos horas. Al final ella iba a tener que decir algo, ¿no? Algo que seguramente iba a cambiarme la vida para siempre. Algo muy doloroso o maravilloso. Algo como...

—Oh —dijo Jeanne.

Oh.

Fue como si me atravesaran el corazón con un puño.

—Lo siento. Creo que ha sido una estupidez por mi parte —dije apresuradamente. No se me ocurría qué hacer salvo acurrucarme en un rincón y desear desaparecer.

—No, no lo ha sido —Jeanne replicó igual de rápido—. Es solo que no pretendía que pensaras... O sea, no rompí con Jared porque... O sea, no he venido aquí a...

Justo entonces volvió a abrirse la puerta y Covington entró a toda prisa. Una bolsa de hielo se le cayó de la mano, resbaló por el suelo y fue a parar debajo de mi silla, pero él no pareció darse cuenta.

—Perdóneme, jovencita —dijo, cogiendo a Jeanne del brazo.

—Lo siento. —Ella se puso en pie—. Sé que no debería estar aquí...

—No, no es eso —contestó él—. Es *eso*.

Y señaló su escritorio, donde estaba el interfono. Y el micro. Y el botón de *hablar*... sobre el que Jeanne estaba sentada hasta hacía un segundo.

Puso los ojos como platos.

—¿Quiere decir...?

Covington soltó un suspiro, con expresión de sentirlo por nosotros dos.

—Eso me temo —dijo.

Vi que ahora había gente en el pasillo. Miraban hacia el despacho y murmuraban entre ellos. Algunos también reían... y no eran risas inocentes.

Fue entonces cuando pensé que quizás había llegado el momento de largarme corriendo de aquella escuela.

Y de Londres.

Y de Inglaterra.

Y del planeta Tierra, si podía elegir.

CAPÍTULO 55

AMIGOS, SUPONGO

Covington me dio el hielo para la nariz y una camiseta de la Escuela Secundaria de Bealing Bright para que me cambiara. Después volvió hacia la puerta y dijo que nos iba a dar «un momento».

Jeanne fue superamable sobre el tema. Por supuesto.

Y eso me ayudó. Un poco.

Pero seguía sintiendo que había hecho el mayor ridículo de mi vida. Lo que, en mi caso, es decir mucho.

—Lo siento, Rafe —dijo ella, un poco incómoda. Hizo una pausa y siguió—: Me imagino que pronto tendrás otra novia. Sé que Sabra y Katrina dicen que eres mono.

—Sí, mono para ser un pringado.

—Eso tú no lo sabes.

—En realidad sí que lo sé. —Ahora estaba sonando como si sintiese lástima de mí mismo—. No te preocupes.

—Por favor, no te lo tomes como algo personal, Rafe. Quiero decir… acabo de cortar con Jared, y…

—Sí, pero tampoco me estás diciendo que igual puedo tener alguna posibilidad —dije, sonriendo débilmente para que se sintiera un poco mejor—. ¿O sí?

—Bueno… no. Creo que no.

—No pasa nada —asentí.

Jeanne siempre me había dicho la verdad sobre todo. No iba a molestarme con ella por esto, aunque me sintiera como si mi corazón hubiera recibido un balonazo en toda la cara.

—Espero que no te moleste que te pregunte esto —siguió Jeanne—, pero ¿hay alguna posibilidad de que seamos amigos? ¿De verdad?

—¿En serio?

—Sí. Hacemos un buen equipo, Rafe. Solo que no... bueno, ya sabes... de esa manera.

En ese momento yo ya no sabía lo que quería. A ver, sé que un chico y una chica pueden ser amigos, ningún problema. Pero ¿y si él le ha dicho a ella «creo que, ejem... te quiero» mientras lo oía el mundo entero? ¿Siguen pudiendo ser amigos?

Quizás no.

Supongo que estaba dispuesto a averiguarlo. Porque, como he dicho antes, no podía decirle que no a Jeanne sobre nada. Incluido esto.

—¿Y Jared? —pregunté—. Lo sabe todo. ¿No le va a contar a Stricker que somos socios secretos?

Jeanne negó con la cabeza.

—Para ser sincera, no creo que quiera hacerme enfadar aún más que ayer. —Extendió un brazo hacia mí—. Bueno, ¿qué? ¿Amigos?

—*Fffale* —le contesté.

Y nos dimos la mano. Otra vez.

CAPÍTULO 56

DUELO EN LA HABITACIÓN 568

Supongo que podría contarte lo mucho que todo el mundo me miró cuando salí del despacho. Y lo mucho que hablaron de mí en el autocar y se rieron durante todo el camino de vuelta al hotel.

Pero no voy a hacerlo. Además, ya puedes imaginártelo. Si tuviera que contártelo todo sobre cada vez que se han reído de mí, estarías leyendo mi historia hasta el siglo que viene.

Así que saltemos a la siguiente parte.

Al llegar al hotel, los monitores nos dijeron que hiciésemos las maletas y estuviésemos de vuelta en el vestíbulo a las cuatro en punto. Era hora de volver.

Estaba guardando mis cosas. Miller se había metido en el lavabo a ducharse. Llamaron a la puerta, así que fui a abrir.

Supongo que podía haber usado la mirilla o preguntar quién era, pero ni se me ocurrió. Y entonces...

¡BLAM!

Ni me di cuenta y Jared ya estaba dentro. E iba a por todas, lo vi en su mirada. Había oído lo sucedido en el instituto por la mañana.

—¡Jeanne cortó conmigo por tu culpa! —me acusó.

—¡No es verdad! —solté.

La verdad era que Jeanne había cortado con Jared por culpa de Jared. Pero no iba a decirle eso.

—Ese era tu plan desde el principio —me acusó—. Pero ahora vas a pagarlo.

No es que me dé miedo pelear. Pero lo que sí temía era que se enterase Stricker.

Así que salté a la cama más cercana y bajé del otro lado.

—¡Deja de intentar escaparte! ¡No seas cobarde! —gritó Jared. Fue hacia la cama, pero yo volví a subirme, me impulsé en el somier y salté, *¡BOING!*, a la otra cama.

Jared intentó tirarse sobre mí, pero volví a saltar a la primera cama y después al suelo, junto a la ventana. Cuando él me siguió salté de nuevo a la segunda cama, otra vez a la primera y de nuevo al suelo, como un canguro loco.

—¡PARA! —gritó él.

—¡Para tú primero!

Intentó agarrarme una vez más, pero yo salté a la cama más lejana.

La situación era más que ridícula. Hasta que…

—¿¡Qué pasa aquí!? —exclamó Miller, con una toalla a la cintura.

Jared se quedó paralizado. Yo también. Era como un juego de tú la llevas, pero en el que me jugaba los dientes.

—Sin ofender, Miller —le dijo Jared—, pero métete en tus asuntos. Esto es entre Rafe y yo.

—Sí, bueno… —Miller fue al centro de la habitación. Su pelo húmedo salpicaba todo el suelo—. Ahora *yo* estoy entre tú y Rafe. ¿Lo pillas?

—¡Venga ya, tío! —insistió Jared—. Has querido patearle el culo desde que vino al instituto.

—Y lo he hecho. Más de una vez —replicó Miller—. Créeme, no es tan difícil.

—Vaya, gracias —intervine.

—Cállate, Rafe. Vale, Jared, como iba diciendo: ¡LÁRGATE DE NUESTRA HABITACIÓN!

Aunque todo era una gran locura, observé que Miller había dicho *nuestra* habitación. ¡Sí que había evolucionado todo desde que se limpió las uñas de los pies con mi cepillo de dientes!

Para entonces Miller estaba tan cerca de Jared que le salpicaba en la cabeza. Este reculó hacia la puerta.

—Como quieras —dijo.

La cuestión es que Jared es más grande que yo, pero Miller lo es más que nadie. No iba a haber pelea; ya había sangrado bastante por un día.

No sé si había tenido mucha suerte o no. Lo que sí estaba claro era que Miller el Matador es el más rápido del mundo a la hora de ducharse.

Nunca antes había dado las gracias a alguien por su mala higiene.

CAPÍTULO 57

HOGAR, AGRIDULCE HOGAR

Conseguí salir vivo de la habitación del hotel. Y volver a cruzar el océano Atlántico sin meter de nuevo la pata.

La vida vuelve a… algo. No puedo decir «la normalidad» porque la vida nunca es normal. Pero me alegro de estar de nuevo en casa. El viaje había provocado grandes cambios, que añadí a la larga lista de cosas que nunca entenderé.

En cuanto a Jared, la cosa no ha acabado del todo. Más bien, todo ha quedado en pausa por unas semanas, hasta que Miller se vaya a Phoenix. Mientras, el chico conocido antes como Miller el Matador me hace de guardaespaldas no oficial. ¡Alucina!

En Londres aprendí muchas cosas. Una, que Miller no es tan malo. Al menos cuando lo conoces un poco, te dejas torturar unos años y después lo conoces un poco más. De quedarse, igual hasta nos hacíamos amigos. Y eso es algo que nunca nunca nunca nunca nunca nunca nunca...

... nunca nunca nunca...

... *nunca* pensé que diría.

Así va la cosa, supongo. Cuando la vida cierra una puerta con forma de Miller abre una ventana con forma de Jared. Ahora tengo que prepararme para peleas de otra clase. Sigue atento y deséame suerte. Creo que la voy a necesitar.

También han cambiado las cosas entre Jeanne y yo. No te lo creerás, pero no me arrepiento del todo de haberle dicho... ya sabes qué (¡no me hagas tener que repetirlo!). Está claro que me sabe mal que el micrófono estuviese encendido en el peor momento, pero tampoco pasa nada.

La cuestión es que lo de Jeanne era un peso enorme con el que yo cargaba desde que la había conocido. Y, vale, al bajar ese peso me habré golpeado el pie, pero al menos me lo he quitado de encima.

Ah, y adivina: Jeanne no se equivocaba cuando dijo que hacemos un buen equipo. Organizamos una «noche de cine» para mostrar a nuestras familias y la gente del insti lo que habíamos hecho en Londres. La peña colgó pósteres y hojas impresas de sus artículos y de todas las fotos que habían sacado, y vinieron los padres de todos a verlo. Después fuimos a la biblioteca y vimos los vídeos en pantalla grande.

Podríamos haber colgado el material en internet y listos, pero Jeanne pensó que estaría bien montar un acto. Donatello se mostró de acuerdo y ayudó a organizarlo. Hubo palomitas y refrescos y al final todos aplaudieron.

Moló. Moló de verdad. Especialmente ver cómo gustaron los vídeos. Y no diré que eran *míos* del todo, fue más bien un trabajo en equipo.

Eso sí: entre tú y yo y Leo el Callado… creo que fui un buen artista jefe.

También hice un nuevo amigo en Londres, como me había pedido mamá que lo intentara. O más bien medio, teniendo en cuenta que Miller se va a ir. Al final resultó que hice caso a mamá, aunque no de la forma que yo mismo esperaba.

Y esa es mi nueva versión de «la normalidad».

CAPÍTULO 58

UNA MENCIÓN SUPERHONORABLE

P. D.: Sé que te lo estás preguntando. La respuesta es «más o menos».

No ganamos el primer premio del concurso «Vivir y aprender». Se habían presentado más de doscientos centros, y una escuela de Oregón se lo llevó sin ni salir de Estados Unidos: su trabajo era sobre el Gran Cañón del Colorado.

Lo bueno fue que los organizadores también dieron veinticinco menciones de honor. Y ADIVINA QUIÉNES CONSIGUIERON UNA.

Pues sí: la Escuela de Secundaria de Hills Village. Mandaron una carta al insti que decía: «El jurado quedó particularmente impresionado con las aportaciones en vídeo que complementan el informe».

Sí, eso me hizo sentir orgulloso. Un poquito.

Y no solo eso: cada mención de honor tenía un premio de cien dólares. Se suponía que tenía que sortearse entre los miembros del grupo, pero la gente del viaje votó que me lo dieran a mí, ¡alucina! (Seguro que el voto fue por unanimidad. ¿Verdad, Jared?).

Vale, no gané mil pavos, pero sí cien, y eso era una pasada. Aunque se quedaran en cincuenta después de darle la mitad a Jeanne, y en 42,29 $ después de ir a Bosco's a partirnos una pizza y hablar de nuestro siguiente proyecto.

Se me ocurre una superpeli de acción. Ella quiere expandir la versión *online* del diario del insti, con más artículos y arte y vídeos. No hemos acabado de decidirlo del todo.

Pero si resulta que acabamos creando una productora de superéxitos de cine, sé exactamente cómo se llamará la empresa.

Y es que, como he dicho antes, Jeanne pone el cerebro y yo la creatividad. Ella tiene amigos que pueden ayudarnos, y yo tengo... algún amigo más que antes. A ella le salen las ideas a chorro del cerebro, y a mí... bueno, me gotean un poco.

Así que ¡atención, mundo! Acabamos de empezar.

¡Aún no has visto nada!

MONSTRUO DE DOS CABEZAS

PRODUCTIONS

EN VIVO
¡Gracias, gracias, gracias!
RAFE K.
Quiero dar las gracias a Jeanne Salletta y el resto de nuestro equipo...
¡LO HICIMOS!
ESHV

EN VIVO
GANADOR
MENCIÓN DE HONOR
Mi familia... mis profes... la Academia...
Rafe Khatchadorian
MENCIÓN DE HONOR
A veces una señal es solo una señal
Phoenix mola
¡¡ME MEO!!

Sobre los autores

JAMES PATTERSON tiene el récord mundial Guinness a la mayor cantidad de libros número uno en ventas, incluyendo las series *Los peores años de mi vida*, *Me parto* y *Jacky Ha-Ha*. Ha vendido más de 350 millones de ejemplares en todo el mundo. Gran defensor de los libros y la lectura, ha donado más de un millón de copias, y concedido y financiado más de cuatrocientas becas en 24 universidades. Ha donado millones de dólares a librerías independientes y bibliotecas de centros escolares.

CHRIS TEBBETTS ha colaborado con James Patterson en otros ocho libros de *Los peores años de mi vida*, y también es autor de *The Viking*, una serie de fantasía y aventura para los más jóvenes. Vive en Vermont.

LAURA PARK dibuja comics y ha ilustrado otros cuatro libros de las series *Los peores años de mi vida* y *Me parto*. Es autora de la serie de minicómics *Do Not Disturb my Waking Dream*, y su obra ha aparecido en *The Best American Comics*. Vive en Chicago.

JAMES PATTERSON
EMPIEZAS Y NO PARAS,

NO PARAS, NO PARAS.

HOUSE OF
ROBOTS
MI HERMANO ROBOT
JAMES PATTERSON
Y CHRIS GRABENSTEIN

HOUSE OF
ROBOTS
LOS ROBOTS SE
DESMELENAN
JAMES PATTERSON
Y CHRIS GRABENSTEIN

¿CONOCES YA A JACKY HA-HA?

UNA HISTORIA PARA ME-ME-MEARSE DE RISA

ME PARTO MÁS
Autor de LOS PEORES AÑOS DE MI VIDA
JAMES PATTERSON
Y CHRIS GRABENSTEIN

ME PARTO TOTAL
JAMES PATTERSON
Autor de LOS PEORES AÑOS DE MI VIDA y CAZATESOROS
Y CHRIS GRABENSTEIN

ME PARTO TV
JAMES PATTERSON
Autor de LOS PEORES AÑOS DE MI VIDA y HOUSE OF ROBOTS
Y CHRIS GRABENSTEIN

ME PARTO
Autor de LOS PEORES AÑOS DE MI VIDA
JAMES PATTERSON
Y CHRIS GRABENSTEIN

Del autor de LOS PEORES AÑOS
DE MI VIDA y ME PARTO
CAZATESOROS
JAMES PATTERSON
Y CHRIS GRABENSTEIN

Del autor de LOS PEORES AÑOS
DE MI VIDA y ME PARTO
PELIGRO EN EL NILO
CAZATESOROS
2
HELP!
JAMES PATTERSON
Y CHRIS GRABENSTEIN

Del autor de LOS PEORES AÑOS
DE MI VIDA y ME PARTO
EL SECRETO DE LA CIUDAD PROHIBIDA
CAZATESOROS
3
JAMES PATTERSON
Y CHRIS GRABENSTEIN

ENCONTRADO en el LAVABO del INSTITUTO NORTH PLAINS
DIARIO DE
MARGARET CLARKE
CABRA
JAMES PATTERSON
Y LISA PAPADEMETRIOU

HYDE PARK PLACE
THE LONG WATER
W. CARRIAGE DRIVE
THE SERPENTINE
Hyde Park